我抓鬼的日子

之5 趕屍客棧

君子無醉—著

我抓鬼的日子

目錄

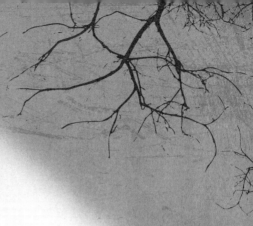

第五十一章

六合莊

二子瞇著眼說，「道上的人都叫這裏六合莊。
這兒龍蛇混雜，也可說是奇人異士彙聚啊。
別人要他們幹什麼，他們就幹什麼，
據說方圓幾百公里的最大黑市就在這個莊子裏。」

「實話告訴你吧，我早就和大部隊會合了。現在我升官啦，管著一個小隊呢，帶著人在山洞裏忙活了好幾天了。這會兒剛得了空，出來一趟。」趙山指了指青絲仙瀑布，「那兒有個入口，也能通往防空洞，我的人都在裏面。白天你們聚餐喝酒的時候，我們都在呢，我沒過去找你，專門在這兒等著你，就是想和你單獨道別。」趙山吐出一口煙，「怎麼樣，感動不？」

「感動是感動，不過你怎麼知道我會來這裏？」我眨著眼問道。

「廢話，這兒不是你的書房嗎？你要走了，能不來這兒轉悠？」

趙山彎腰從靴筒裏掏出了一個拇指粗、大約十五釐米長的東西，遞給我說：

「我也沒啥好東西送給你，這個你拿著吧。這是貨真價實的瑞士軍刀。」

我接過來一看，是一把多功能的折疊小刀，還很鋒利，很開心地說：

「謝謝你，這個東西很實用啊。」

趙山笑了一下，起身道：

「好啦，不和你多說啦，我得回去了。你一路保重啊。青山不改，綠水長流，後會有期。」

「後會有期。」

我覺得沒有回禮不太禮貌，連忙摸了摸身上，把一枝新買的鋼筆掏了出來，塞到他手裏說：

「這個送給你，算是一個紀念吧。這上面刻了我的名字。」

「嗯，不錯，我正缺一枝鋼筆呢。」趙山很開心地收起了鋼筆，對我揮揮手，走了。

我心裏有些不捨，於是又喊了他一聲：「你在這邊要待多久？」

「我今年就要轉業嘍，年底前就可以回家啦。」趙山的聲音遠遠傳來。

「你要回哪裡啊？」我繼續問道。

「當然是回老家啊。」趙山的聲音變得有些悶沉，他已經下到谷裏了。

「那你老家是哪裡啊？告訴我，有空我去找你！」我大喊道。

「向——西——」這傢伙說了一個似是而非的答案。

我見他不願意說，只好怏怏地離開了。

離開青絲仙瀑布後，我回到了療養院，給林士學打了電話，讓他派車過來接我。林士學聽了，立刻派人來接我回老宅子。

我見到他時，發現他眼圈都有些黑了，很顯然，他從白天到現在為止還一直沒有睡過。他一直在等我回來。

見到我回來，林士學顯得有些激動，連忙催促我再去問詢一下，看看現在可不可以起靈。

我點了點頭，來到靈堂中，依例又問了一遍，這次問的結果很順利，燭火一直都沒有滅，言下之意，就是同意起靈了。

起靈的時候，我一直跟在靈前念咒禱告，直到靈柩穩妥地裝車之後，我才停了下來。

林士學領著我坐進了他的小轎車，問道：

「我們是跟在靈車後面，還是在前面開道？」

「在前面開道。」我想了一下答道。

「呼隆隆——」車隊在夜色中出發了。

林士學打了個哈欠，他有些睏了，抱著手臂說：「我先瞇一會兒。」我靠著車窗，沒多久也睡著了。

天色快要大亮的時候，我醒過來，發現車隊已經進入南城了。

我第一次來到這麼大的城市，覺得很新奇，同時又有些莫名的失落。當車隊駛進繞湖公路之後，又看到了一片山野叢林。

「快到了，這一片叫紫金花園，環境是最好的，裏面有很多參天大樹。」林士學也醒了，一邊揉著臉，一邊對我介紹道。

我看著車窗一邊是高大厚重的古城牆，一邊是幽靜的湖水，路邊更有古樹參天，感到很愜意。

車隊進了一棟庭院很寬闊的臨山別墅，已經有人在等候了。在他們安置靈柩的過程中，我一直跟在旁邊念著安魂咒，然後和林士學對著牌位祭拜上香，這才算是大功告成了。

從靈堂退出來後，我們都是哈欠連天，當下林士學連忙找來負責打理別墅的人，讓他們給我們安排住處，並且指名讓我住在他隔壁的一間。

負責打理別墅的人，是個五十多歲，頭髮斑白，老管家模樣的人，他很快就給我們安排好了房間。我們各自進到自己的房間，簡單洗漱了一下，然後就倒頭大睡了。

這一覺，睡到自然醒，直到太陽曬到屁股我才起床，這才伸著懶腰往房間外走，發現門邊的桌子上，已經有豐盛的餐點擺著了。

我吃飽後到了樓下，發現客廳裏只有老管家一個人坐著，他起身笑著對我說：

「小少爺，老爺去上班時留話交代了，說是老太爺的車子估計要到中午才能到達醫院。老爺讓你好好休息，然後下午再和你一起去看望老太爺。還讓我把這個交給你。」

他遞過來一個牛皮紙袋。

我心裏不覺好笑，心說我啥時候變成小少爺了？打開袋子一看，發現裏面有一張現金，還有一張沒有填上數字的支票，另外，還有一張入學報到書和一串鑰匙。

我知道這是林士學已經幫我安排好新的學校了，點了點頭，貼身收了起來。

我拿起那串鑰匙看了一下，發現上面有大中小三種不同的鑰匙，每樣都有兩把，而且都是不同型號的，不覺有些納悶地看著那個老管家道：

「怎麼這麼多鑰匙啊？」

老管家接過那個鑰匙串，說道：

「呵呵，這三把，是這房子的大門、二門和你的房門鑰匙。」

「嗯，那另外三個呢？」我皺眉問道。

「這三個，一把是汽車的鑰匙，一把是摩托車的鑰匙，還有一把是自行車的鑰匙，」老管家說著走到門口，指了指院子裏停著的一輛小型的銀灰色轎車以及一輛黑紅相間的摩托車和一輛自行車，對我說道：

「老爺說，在城市裏，出門得有個代步的傢伙才行，於是給你配了這三輛車子，你看哪個方便就用哪個。還說，汽車你暫時不會開，回頭讓二子少爺教你。等你會了，再讓人去駕駛學校給你弄個證，就可以上路了。」

我微笑著點點頭，覺得林士學想得真是周到，於是接過了鑰匙，掛在腰上，然後伸伸懶腰，深吸了幾口氣，看看日頭，還有一段時間才到中午，於是就琢磨著幹點什麼事情。

「小少爺，您還有什麼吩咐嗎？沒有的話，我就去後面的廚房吩咐他們做午飯了。」這時，老管家陪笑問我。

「噢，你去忙吧，沒事了，」我點了點頭，接著又想到了一件事情，於是叫住他問道：「這別墅裏面有多少房間？其他房間，我能進去看看麼？」

「大概有二三十間房間吧，」老管家說著話，從腰裏掏出了一串鑰匙，遞給我道：「這是所有房間的鑰匙，上面都貼了標籤的，小少爺你要看房間的話，拿去看好了，回頭還給我就行了。」

「這真的是所有房間的鑰匙？」我接過鑰匙串，撥弄著看了看。

「也不是全部的，有三個房間的鑰匙，這裏是沒有的。」老管家聽到我的話，連忙說道。

「哦？哪三間？」我皺眉問道。

「第一間是老爺的房間，鑰匙是由老爺的秘書保管著的；第二間，是小少爺的房間，鑰匙小少爺你自己拿著了；還有一間房子，是壓根就沒有鑰匙的，就是靈堂。」老管家說道。

我聽了，點點頭，讓他去忙他的事情，接著就滿心興致，如探險一般地從一樓開始，一間間房間打開來，參觀了起來。

中午時，林士學派他的秘書小鄭過來，帶我去了醫院，姥爺已經被安排進特護病房了。

姥爺依舊昏迷不醒，只能靠掛點滴維持。有好幾個年紀挺大的醫生進來輪番查看了姥爺的情況，接著他們一起出去開會，說是要「會診」。

我又走進清靜的病房，看著姥爺青白的臉色，他又瘦了。我心裏一疼，在病床邊坐了下來，直愣愣地看著姥爺，感到很無助。

小鄭見我情緒很低沉，就勸我道：

「放心吧，這裏的事情，廳長都安排好了，醫院會全力診治的。」

我點了點頭，我的確也沒什麼可以做的事了，只好起身走出病房，一路來到醫院的院子裏。

午後的陽光暖熏熏地照著，風很輕柔，空氣裏飄著濃郁的桂花香。我點了一根菸，坐在臺階上默默地抽著，同時也給小鄭遞了一根。

小鄭訕笑一下，擺擺手道：「我不會。」

我笑了一下，也沒強迫他。

「接下來，還要幹什麼去？」我抬眼看了看小鄭問道。

「廳長讓我帶你去學校報到。」小鄭道。

「嗯。」聽到他的話，我熄了菸，和他一起去金陵中學辦了報到手續，預定第二天再去上課。

跟著小鄭辦完學校的入學手續後，回到別墅，就聽到了二子的聲音。

二子剛趕回來，正狼吞虎嚥地吃著飯。我看到熟人，心裏覺得暖暖的，在旁邊靜靜地等著他。

二子問道：「怎麼樣，你們這邊順利嗎？」

「嗯，都安排好了，就是我還不會開車，等著你教我呢。」我笑道。

「沒問題，這事包在我身上。」二子把飯碗一推，蹺著二郎腿抽起菸來。

我點點頭，接著沉重地說：「姥爺的病情又加重了。」

二子愣了一下，然後認真地說：「你放心，我這就去聯繫他們。我估摸著，你放寒假的時候就可以成行了。這段時間，你要學會開車，還要讀書上學；而且，你還要做一門功課才行。」

「什麼功課？」

二子用手指蘸著茶水，在桌上寫了一個字。我伸頭一看，居然是個「道」字，不覺心裏好笑，斜眼看著他說：「什麼意思？」

二子笑道：

「實話跟你說吧，他們這次還請了其他高人，聽說茅山和嶗山的都有。他們說是齊心辦事，實際上，就是讓我們相互競爭。這些高人聚到一起，誰不想爭個高低？所以嘛，咱們要做好功課，好好瞭解他們。這就叫知己知彼，百戰百勝。」

我笑著點頭道：「這個我來弄，你放心吧。」我又有些疑惑地說，「據我所知，茅山是專門做這個行當的，但是嶗山是反對這個行當的，他們兩邊的高人都請了，這不是自找麻煩嗎？」

「哈哈，這個你就不懂了吧，那個人現在也不屬於正宗嶗山弟子，早被逐出師門了。反正他們就是用他的才，你說是不是？」

我說道：「這種欺師滅祖的人，必定心狠手辣、見利忘義，我們要多防著他。」

接下來的日子裏，我除了上學，就是去醫院看望姥爺。姥爺的情況一天不如一天，我的心也越來越焦躁。

大約一個月之後，我便學會開車了。二子給我搞好駕照之後，便又去林士學那邊忙活了；同時私底下，他也開始安排接下來的那筆「大買賣」。

當然，這段時間裏，我還做了一件最為重要和緊要的事情，就是開始試著練習拿起陽魂尺。

對於陰陽師門來說，陽魂尺是歷代祖師爺的精血凝練而成，擁有極強的罡氣，是一件十分厲害的法器。不過，由於陽魂尺中封印了許多凶戾的陰魂，所以尺上怨氣積聚，摸來使人心魂錯亂，不是心性極強的人，是很難拿起來的。

我因為心性不定，特別容易被怨氣迷亂，所以就更難拿起這陽魂尺了。不過，為了接下來的行動，我下定決心，一定要將陽魂尺拿起來。

我採用了之前姥爺說過的方法，開始訓練自己拿捏陽魂尺的能力。

我在學校和別墅裏面，分別尋找了一塊非常隱蔽的修煉場所。每當天氣好的時候，正午時分，我都會來到修煉場所，試著捏一捏陽魂尺。

剛開始，我把陽魂尺包在一塊黑布裏，隔著黑布去拿它，而且只是用手指一點就鬆開。然後逐漸延長接觸的時間，最後把黑布也拿掉了。

延長接觸時間之後，一開始，我經常會被那些怨氣折磨地死去活來。不過後來，時間久了之後，我的精神便漸漸變得強硬起來，可以抵禦那股怨氣一段時間了。

到了期末放假的時候，我已經可以做到拿起陽魂尺長達五分鐘的時間都安然無恙了。不過，再長就不行了，時間再長一點的話，我還是會受到那股怨氣的影響，陷入一種失神的狀態。但是我卻覺得，這已經足夠了。

萬事開頭難，這世上的事情，最難邁出的就是第一步。現在我已經邁出了第一步，我相信，接下來的時間裏，只要我勤加練習，總有一天，我會變得心性堅定，可以玩弄那陽魂尺於股掌之上。

這段時間，二子一直在忙著安排參加那筆大買賣的事，他對林士學說，放假要帶我出去旅遊散散心。林士學知道我一直為姥爺的病情擔憂，自然非常樂意讓我出去玩玩。

二子和我第二天就開著一輛越野車出發了。

「去哪裡？」我問道。

「嘿嘿，到了你就知道了。」二子哼著歌，很興奮。

我沒有二子的興奮勁兒，心裏只想著要把悶香奇方拿到，好給姥爺治病。

直到太陽偏西的時候，我們才下了高速公路，沿著一條小山路向前駛去。發現四周都是高山密林，我皺了皺眉，問道：

「不會直接就鑽地宮了吧？」

「哪有那麼簡單？這裏只是個集合地點而已。」二子神秘一笑，「前頭是一個小村莊，叫做青衣祠，是一片古建築群，走在裏面就好像回到古代一樣，晚上在那裏待著很駭人。」

「幹嘛非得在這裏聚頭？」我問道。

「嘿嘿，忘了跟你說了。」二子瞇著眼說，「道上的人都叫這裏六合莊，意思就是江湖人士聚集的地方。這兒龍蛇混雜，你到了就知道了，也可以說是奇人異士彙聚啊。」

「哦，那他們聚在這裏幹什麼？」

二子咧嘴笑道：「等活幹啊。」

「什麼活？」

「別人要他們幹什麼，他們就幹什麼。這地方水深著呢，據說方圓幾百公里的最大黑市就在這個莊子裏。」

「哦，那些什麼茅山、嶗山的高人，也是在這兒就地找的吧？」我含笑問道。

「當然是就地找，不然還能去他們的道觀請？這裏有這裏的規矩，一般來說，到這兒做生意，還是很安全的。莊子裏原來住著一千多人，基本上分屬兩大家族。他們見到黑市有利可圖，就組成了六合莊買辦團，其實就是黑市管理團隊，負責保護交易者，主持公道。你別看這些人都住在破木頭房子裏，其實他們的手裏可都厚實著呢。」

我不覺也有些心動了，對青衣祠六合莊充滿了好奇。

二子已經拐上了一條平坦寬闊的水泥道，來到了一個繁華喧鬧的小城鎮裏。我發現這裏的街道和普通的城市一樣，都是現代化的樓房和基礎設施。

「哈哈，別著急嘛，還沒到呢。」二子看出了我的疑惑，車子一拐，上了一條青石大道。

我往前看去，只見一片起伏的山林橫亙在遠處，前方不遠處，道路已經到盡頭了。道路的盡頭，是一個寬闊的青石大廣場，上面停滿了車子，站滿了人，廣場邊緣有一排平頂樓房，不下上百間房子，都是兩層高。

二子把車子停好，帶著我向廣場盡頭走去。我這才發現，廣場後面是一片密密的竹林，竹子都有碗口粗，二三十米高，密密匝匝的，如同一堵天然的綠牆。竹林的外圍都用鐵絲網圍了起來，只有一個狹窄的入口可以進去。

入口處有人收費，進去之後，有一條彎彎曲曲的小道。

很快就有一個穿著青衣長裙、挽著髮髻的年輕女孩走過來，對我們微笑著揮手道：「客官裏面請，這裏進去就是青衣祠了，希望二位客官玩得開心。」

我不由得感到很新奇，對二子問道：「裏面的人不會都穿成這個樣子吧？」

「他們本地人都穿成這個樣子的，哎呀，我忘了，咱們也可以換成這種衣服再進來的。在外面換還便宜點，進去再換就貴了。」二子拍了拍腦袋，有些懊惱。

穿過竹林之後，眼前豁然開朗，我發現面前的景色真的像回到了古代。

我們腳下踩著青石板小路，往前一連好幾座石牌坊，然後是一大片古建築房屋。那些樓屋還有人住著，生機盎然。

那片莊落依山傍水，沿著山腳一溜延伸開去，竟然一眼望不到盡頭。莊落中的人影都穿著古裝衣衫，有些甚至還拖著辮子。

「怎麼樣，這地方奇特不奇特？」二子瞇眼微笑著。

「很不錯。」我點頭道。

我和二子穿過了石牌坊，來到街上。這裏的街道、房屋、茶館酒肆、客棧、酒樓都是古建築，街道上沒有路燈，店鋪門口都挑著旗子。

二子拉著我進了一家裁縫店，店裏居然都是油燈，不但沒有電燈，各種現代化的電器都沒有，看來是沒有通電。

我們買了衣服換上。我換了一件青灰色粗布長衫，腰上紮了一條石青色的腰帶，褲子鞋子則沒有換，看起來有些不倫不類的。

二子上身穿了一件馬褂，下身穿一條灰色褲子、千層底布鞋，頭上戴了一個瓜皮小帽，還墜了一條假辮子。他這幾年發福，肚子大了不少，活脫脫一個有錢大地主的形象。

我們重新回到街上，這才感覺舒服多了，感覺融入了這個世界。

「咱們先找個地方打尖。」二子說道，「為了不引人注目，大夥分撥進來，分散住宿。我準備住杏花村那邊，那裏的酒不錯。」

「杏花村？」

「是的，這裏的建築設施都是古地名，不光有杏花村，還有什麼烏衣巷、莫愁湖、城隍廟、青衣祠、六合錢莊等等。」二子興致盎然地道。

「那買賣是在哪裡談？」

「還沒定呢，他們會派人給我們送信的，到時候就知道了。我猜著應該在六合錢莊附近，因為只有那個地方有電話。」二子說道。

「六合錢莊是幹什麼的？」

「就是銀行，嘿嘿，只有那兒有電，和外面能聯繫。」二子問道，「怎麼樣，你覺得這裏好玩不？」

「我沒心情玩，還是趕緊辦正事吧。」我說道。

「嗨，你看你才多大歲數，就這麼老氣橫秋了，真沒勁！」二子轉身繼續閒逛起來。

我看到街上有很多擺攤算卦看相的人，也有售賣狗皮膏藥和護身符的人，不禁想起二子之前說過的話，問道：

「你說這個地方不乾淨？」

「聽說這裏鬧鬼，有段時間還挺嚴重的，死過很多人呢。不過，後來有很多高人來驅除過，現在已經好多了，但是好像還有一些殘留的惡靈。我來過兩次，倒是都沒遇到鬼。這些事情和咱們不相干，你就別管了。」

二子的話沒能釋解我心裏的疑惑，反而讓我更加好奇了。

「幫他們驅鬼會惹麻煩嗎？」我問道。

「當然了，鬧鬼是他們這裏的一大特點啊，你把鬼都給驅除乾淨了，不就少了一個活招牌了嗎？」二子對我眨眨眼睛，「所以啊，他們巴不得天天拿香供著那些鬼，好讓這裏越來越出名呢。」

我沉默了半天才點頭道：「我也沒心思管這些閒事呢。走吧，晚上早點去集合。」

「嘿嘿，照我說啊，咱們去得越晚越好。」二子說道。

「什麼意思？」我不解地問道。

「這次來的都是江湖高人，越晚登場的越是高手。咱們最好是最後登場，那樣才能凸顯我們的身分。」二子兩眼放光地說道。

「你倒是挺懂行的嘛。」我笑道，「我反而覺得咱們還是低調一點才好，免得太扎眼了，樹敵太多。」

「怕什麼？」二子滿臉自負道，「他們這些旁門左道，怎麼能和你比？」

「去，你不要給我亂戴高帽。」我打斷他的話，「我們是來做買賣的，又不是來和他們爭高低的。」

二子站在一個綠樹掩映的高崗上，指著山坡下一處綠柳煙雲掩映中的小農莊說：

「喏，那兒就是杏花村了，看到村頭的酒旗了嗎？這會兒還早，咱們先別去，就在這裏坐一會吧。這兒挺清淨的，正好我給你講講晚上的事情。」

二子拉著我走到樹林裏的一塊青石上坐下，對我說：

「今晚的聚會，其實是一個選拔賽。」

「你的意思是說，我們還不一定能參加這個買賣？」我立刻皺起了眉頭。

「嗨！」二子笑道：「不是你想的那樣。我說的選拔，是選拔這次買賣的隊長。」

「噢。」我這才釋然地點點頭：「你想當這個隊長，所以，就想讓我和他們鬥法，是嗎？」

「嘿嘿，這個隊長可是有實權的。當了隊長，首先可以佩槍，要是有人起內訌，就可以掌握主動。」

我還是皺著眉：「你又怎麼知道其他人不會帶槍？隊長的槍是明的，別人家的槍是暗的，我反而覺得暗槍更難躲。」

「嗨，你怎麼老是往壞處想啊？」二子被我說得有些煩了，「到時候，所有人出發之前都要經過搜身的。搜身就是為了確保除了隊長之外，其他人都沒有佩槍，不然的話，還要隊長有個屁用？」

「那當隊長還有沒有其他好處？」我問道。

「當然有。」二子咂嘴道，「最大的好處就是，一旦事成，不論個人在地宮裏撈了多少寶，外頭大家的報酬，隊長是雙倍。你可別小看這個雙倍。你知道這次每個人的最底價報酬是多少嗎？」

「多少？」我皺眉問道。

「哼哼，押金就是這個數，你說報酬是多少？」二子說著話，對我伸出了五個手指。

「五千塊？」我皺眉問道。

「五萬！」二子說著話，從地上站起身道：「想要做這個買賣，押金就是五萬，嘿嘿，那報酬就可想而知了。實話告訴你吧，如果這事真成了，咱們兩個人能夠拿到的報酬，至少是這個數。」

二子說著話，豎起了兩根手指，接著又翻了翻手掌。

我看了他的手勢，不覺有些驚愕道：「你的意思是說，每個人一百萬報酬？」

「可不是？」二子抽著菸，又坐下來道：「要是隊長的話，就是一個人拿兩百萬，你說這錢不是不拿白不拿嗎？有這個好事，幹嘛不爭取一下？」

聽到二子的話，我不覺也有些心動，於是就問道：「一共多少人？」

「十個。」二子掰著手指說，「除了我們兩個，還有兩個茅山、嶗山的老道，其他六個人，一個是地質專家，一個是野外生存專家，一個是老軍醫，一個是退伍特種兵，還有兩個是從雲南請來的嚮導，據說一個是趕屍出身的，另一個是個女人，我只見過一面，不知道是幹什麼的，大概是對那邊地頭比較熟悉的人。」

我不由得點點頭，覺得這個隊伍的配置算是挺強大了，心裏不禁放鬆了一些，又問道：「那牽頭的莊家，想要誰來當隊長？」

「不知道，一直都沒決定呢。今晚的碰頭，就是為了確定這個事情的。莊家的意思，能者居之，到時候會出一些難題考驗我們。我希望你能當上隊長，這樣我心裏才踏實一些，不然的話，要是被那些牛鼻子呼來喝去的，我可要鬱悶了。」二子咧嘴笑道。

「我倒是覺得你當隊長比較合適。」我起身往外走。

「嘿，我一無所長，我當個屁隊長啊，能服眾嗎？」二子跟著我走出去，沒有自信地說。

「正是因為你一無所長，所以你最閒，最適合做指揮，其他人都有自己的事情要忙，當隊長會分心的。」我滿臉認真地說。

二子先是有些驚喜，又問道：「那你幹嘛不當？」

「我太年輕，經驗不足，不能擔當這個重任。」我微微搖頭道。

「那我一無所長，我怎麼當啊？人家能樂意讓我當嗎？」二子訕笑著問道。

「這個也說不定，到時候我和他們說說吧，實在不行，咱們就退出。」我沉吟著說道。

「嘿，這可不是說退就退的，如果無故退出的話，押金可是不會退的。我十萬塊都已經交出去了，你可別坑我，這可是我的全部家底啊。裏面有一半的錢，還是高利貸借來的，要是賺不回本來，我要被人拿刀砍死的。」

二子聽到我的話，滿心擔憂地說道。

我一聽他的話，心裏不覺有些感嘆，知道二子這傢伙果然是被憋壞了，不然的話，恐怕也不會這麼孤注一擲的投身到這種豪賭之中了。

「你放心，我不會坑你的，走吧，咱們先打尖喝酒去，晚上再看吧。」我說著話，抬腳下了山坡，向著杏花村走去。

第五十二章

驅鬼大法

道士眯眼冷笑著看著棗樹，又是一聲大喝：
「大膽陰魂，哪裡走？」緊接著飛身躍起，
舉起桃木劍，對著棗樹就是一陣瘋狂的砍劈。
「諸位請上眼，看我趙師兄的雷震火神兵驅鬼大法！」
另一個穿著道袍的人說道。

我們到了杏花村的外頭，老遠就聞到濃郁的酒香，不覺對望一眼，滿心欣喜，快步走進村裏最大的酒家，要了小菜和兩罈上好的杏花酒，開懷暢飲起來。

酒足飯飽之後，我們找了一家客棧，倒頭就睡。等到一覺醒來，已經是晚上了。我推開窗戶向外看，四面只有一些微弱的火光，果然整個村子都沒有通電。我點亮了桌上的蠟燭，去隔壁二子的房間叫醒他。

二子打著哈欠，到我的房間裏灌了幾口茶水，揉揉臉道：

「差不多可以出發了。不過，咱們還得裝扮一下。」

二子從懷裏掏出兩塊三角形的黑布，遞了一塊給我：「把臉蒙上。」

我看著二子蒙了臉，活脫脫一個江湖大盜的形象，覺得挺可笑，問道：「蒙臉做什麼？還怕人看見啊？」

「是啊，高人都是這麼神秘的。」二子認真地說。

「那我就不蒙了，我可不是什麼高人。」我笑道。

二子也有些不好意思了，把已經蒙上的黑布扯了下來，嘟囔著跟我下了樓。我們向店老闆要了花燈和蠟燭。

「就在前面那片樹林裏，那是個私人莊院，叫水月山莊。」二子介紹著，「那裏不對普通遊客開放，實際上是黑市談判場所。」

我抬眼望著那片大樹林，不覺皺眉道：「這裏不乾淨，陰氣很重。」

「嗨，這還用說嗎？這種地方，枉死的人難道會少？」

我們來到了樹林的外圍，路邊一陣輕響，突然躥出了四五個穿著緊身黑衣的人，把我們擋住了。

「對不起，這裏不對遊人開放，二位請回吧。」領頭的黑衣人聲音很冷峻。

「我是來給你們莊子上送東西的。」二子眯眼笑道。

「哦，這個可以。」那些黑衣人讓到了一邊。

我們沿著一條七拐八扭的小路又走了一段，才來到一個大莊園外。莊院占地面積很大，圍牆很高，圍牆外有一條水渠圍繞著莊院，儼然是一座城堡。

「這是前門，有大道和大橋直通大門，但是一般不開，晚上想進去要走側門。」

我們沿著護莊水渠向側裏走去，看到了一個掛著兩個紅燈的院門，一條又寬又大的木板搭在水渠上，院門口有兩個穿著青衣長衫的小夥子正在值夜。

「什麼人？」那兩個小夥子從腰裏掏出了黑傢伙，指著我們喊道。

「我們是給莊上送東西的。」二子答道，又低聲對我說：「他們手裏有槍。」

我點了點頭：「你放心吧，我不會亂來的。」

「哦，那你們過來吧。送的什麼東西？」

「驢皮。」二子答道。

兩個小夥子一愣，對望了一眼。

「我帶你們過去吧。」其中一個小夥子對我們招手道。

我們走的是一條小道，旁邊都是林木假山，然後進入了一個院落。其中一個房間裏有地道，我們出了地道，來到了一個小院子裏。

小院子裏一個人都沒有，堂上一溜三間青瓦小屋，房門緊閉，主屋簷下，一盞青白色的風燈晃蕩著。

「二位，裏面請，我就不陪了。」小夥子說完，轉身走了。

「進去？」我看著二子問道。

「進去吧，這地方我也是第一次來，小心為上。真他娘的陰森，我進來後，一直覺得心裏毛毛的。」二子捋了捋胳膊。

主屋的房門突然打開了，裏面傳來一個陰陽怪氣的聲音：

「吳師兄，你說院子裏站著的那個小娘子，她的丈夫是誰呢？」

「哈哈哈，趙師兄，依我看啊，這小娘子可不一定有丈夫啊。你看她衣衫不整、釵環凌亂的樣子，我覺得她應該是被強暴而死的啊。」一個公鴨嗓子答道。

二子聽到這兩個人的對話，哆嗦了起來，面色青白地一邊抹著冷汗，一邊彎腰挑燈，瞇著眼睛努力看著院子，低聲問道：

「難道這院子裏真的有鬼？」

「別看了，就在你背後站著呢。」我故意要嚇嚇他。

「哎呀！」二子一下子跳了起來，連蹦了好幾下，一直跳到院子中間，這才轉身滿臉驚恐地看著我說：「小祖宗，你怎麼不早點提醒我？害得我脖頸後面被冷風吹了半天，原來是因為有這個東西在。」

「呵呵，沒事的，人家可沒想害你。咱們進去吧，正事要緊。」我笑道。

「喂喂，別這樣啊，這些小鬼小魂對你來說，不是抬抬手就搞定的嗎？你快拿法寶出來，順手把這個東西除了吧。」二子攛掇著我。

我笑道：「鬼也有好有壞，她只是有冤未申，在這兒等待有緣人幫她而已，並沒有想害人，為什麼要把人家趕盡殺絕？這樣不太道義，咱們還是別多事了。」

「哈哈，好個不太道義。」一陣大笑聲從主屋裏傳出來，一個手裏捏著桃木劍和紙符的道士走了出來，滿臉不屑笑容，冷冷地看向我和二子，嘿嘿冷笑道：「沒有能力驅鬼，就不要找什麼藉口了。還是讓道爺來給你們指點迷津吧！」

這個道士斷喝道：「急急如律令，雷震火神兵，妖魔鬼怪，快快現形！」他撮指一捏手裏的紙符，紙符隨即「撲哧」一響，著起了火。

道士冷眼看著紙符燒了一會兒之後，一揮桃木劍，猛地將紙符砍飛出去。

「劈里啪啦——」紙符飛出去後，濺射出了一片刺眼的火花。火花持續了好幾秒鐘才熄滅了，紙符的灰燼落在一棵歪脖棗樹下。

道士眯眼冷笑著看著棗樹，又是一聲大喝：「大膽陰魂，哪裡走?!」緊接著飛身躍起，舉起桃木劍，對著棗樹就是一陣瘋狂的砍劈。

院子裏這麼大的動靜，引得主屋裏又走出了十來個人。我發現那十來個人衣著各異，有男有女，都新奇地看著這個正在表演驅鬼術的道士。

「諸位請上眼，看我趙師兄的雷震火神兵驅鬼大法！」另一個穿著道袍的人說道。

其他人就在院子裏圍成了一個小半圈，我和二子站在院子中間，就變成和他們站在一起了。

二子這時有些佩服地對我說道：「看這陣仗，是個有真功夫的啊，你快看看他有沒有把那個陰魂驅除掉？」

我撇撇嘴道：「陰魂是驅除了，不過，這也證明不了他的本事。院子裏就這麼一棵棗樹，棗樹下陰氣很重，只要是有點道行的人都能看出來。用桃木劍這麼一陣亂砍，陰魂自然被驅除了。人家一個冤死的女孩，又沒作怪，無來由地把人家的魂魄打散了，有什麼好的？真是作孽。還有那個什麼雷震火神兵，根本就是花裏胡哨的玩意兒。」我低聲道。

「哪裡來的小雜碎，竟然敢侮辱我趙師兄的絕技，我看你是活得不耐煩了！」我的話音剛落，另一個道士轉身瞪著我，一聲喝罵。

那個正在驅鬼的道士也冷著臉捏劍走了過來，對我冷笑道：

「小子，你是什麼來頭？你居然敢侮辱道爺的雷震火神兵，我倒要看看你有幾分斤兩，敢說這樣的大話。」

見兩個道士一齊聲討我，餘下的人都自覺地站得遠了些，繼續圍觀。我心裏暗笑，知道這些人巴不得我和那兩個道士鬥起來。

「我說，二位道長，請別生氣，這位小師父不過是隨便說句玩笑話，不當真的。二位都是高人，就別跟小孩子一般見識啦。咱們還是先到屋裏談正事吧，你們看好不好？」二子急得滿頭冒汗，連忙連聲賠不是。

「哼，就是因為他是小孩，我們才要好好給他上一課，讓他知道天高地厚！」那兩個老道不但沒有消氣，反而更加傲慢地逼近了一步，捏著桃木劍指著我說：

「小子，你倒是說說，道爺我這雷震火神兵怎麼就花裏胡哨了？」

「哎哎，我說，管事的人呢？怎麼還不出來呢？」二子焦急地四下尋找能夠化解這場紛爭的人。

「我在這裏。」主屋的門內走出了一位穿著黑紅衣裙、頭上戴著斗笠、臉上蒙著輕紗的女人。這個女人身材高挑，走起路來搖曳生姿。

「哎呀，大掌櫃啊，您在這裏，那就好辦啦。您快幫忙勸勸這二位道爺，讓他們快別跟小師父為難啦。大家都是自己人嘛，你說是不是？」二子說道。

「哦？」女人微微點了點頭，緩步走到場中，冷冷地看了我一眼，又看了看那兩位老道，退後一步說：「江湖規矩，切磋一下倒也沒什麼。這位小兄弟既然敢口出狂言，想必也有幾分真功夫。說起來，我也對趙道長的雷震火神兵非常好奇。小兄弟，不如你就給我們解釋一下吧，也讓大家長長見識。」

我側頭去看這個女人，和她輕紗後的目光對上了，在這一剎那，有一種極為詭異的感覺湧上我的心頭，我覺得這個女人非常熟悉。

「哎呀，大掌櫃啊，你這哪兒叫勸架啊？」二子更著急了。

這時候，最開心的要數那兩個老道了，他們挺直了腰板，冷眼看著我說：

「小子，我先撂句話給你，如果你說得不對的話，道爺我可要把你的牙掰下來。讓你以後再敢信口雌黃，胡說八道！」

我原本心裏沒什麼怒火，但是聽到這句話，不覺也火起了，我冷笑了一聲，隨手從地上撿了一片乾樹葉，揑在手裏說道：

「我先說明一下紙符著火的原理，就是一個小機關。只要先在紙符上塗了紅磷，手指縫裏再揑上一顆打火石，需要點著火的時候，用力一撮手指，打火石和紅磷一摩擦，就著火了。」

我抬眼看了看那道士，發現這傢伙的臉色有些發青了，額頭上冒出了冷汗，不覺心裏一陣好笑，對他揮揮手道：「還要不要我繼續說明雷震火花是怎麼弄出來的？」

姥爺對我說過，修行之路，最關鍵是恬淡無為，外修筋骨不如內修精氣，內修精氣不若心修真魂。真正的世外高人，是不顯山露水的，只有那些沒有多少道行、利欲薰心的江湖術士，才會搞這些花裏胡哨的噱頭。如果這個趙道士只是不動聲色地把那個鬼魂驅除了，我是不會去找他的麻煩的。

趙道士臉上一陣青一陣白，愣了老半天都沒能說出話來。另一個道士心知大事不妙，悄悄地退到了一側，低頭看著地面，裝縮頭烏龜了。

「哎——」趙道士看了我半天，最後長嘆了一口氣，對我一拱手道：「趙天棟今天方知自古英雄出少年，一山還有一山高，小兄弟果然後生可畏，趙某見識了。

敢問小兄弟貴姓大名，在何處修行？」

我知道趙道士已經認輸了，也就沒再逼他，淡淡一笑道：「在下方曉，師門只是旁門左道，不值一提。」

「原來是方曉兄弟。」趙道士連忙笑道，「我看這隊長的位置非你莫屬了，我趙天棟第一個舉雙手支持你。」

我在心裏冷笑，我已經把他看穿了，他就是一個陰險小人，表面上他是在討好我，實際上卻是故意把我往風口浪尖上推，想讓我成為眾矢之的。他知道自己對付不了我，就想讓在場的其他高人來對付我。

果然，趙天棟推薦我之後，大掌櫃便道：「考核還沒有正式開始，大家還是先進屋吧，等事情商議完畢，咱們再定隊長人選。」

大掌櫃轉身就進屋了。餘下的人都不約而同地跟著進去，由此可見這個女人很有威信。

到了屋裏，我發現擺設很簡單，只是靠牆處放了兩排椅子，上首一張方桌，兩邊各有一張太師椅。

大掌櫃此時坐在其中一張太師椅上，另一張空著。有幾個身穿黑衣長袍的人並沒有坐下，而是走到大掌櫃身後靠牆站著，像是保鏢一樣。餘下的人則各自找了位置坐下來。

趙天棟和另一個姓吳的道士自然是坐在一起，他們的旁邊隔著一個座位，坐了一個懷裏抱著藥箱、戴著老花眼鏡的老者，估計就是那個老軍醫了。

老軍醫的下首，坐著一位身板挺直、大約三十來歲國字臉的人，這人顯然是軍旅出身，看得出來他很敬重那個老軍醫，正微微側首、臉帶恭敬地和老軍醫說話。

這個人的下首，則坐著一位約四十歲、留著小鬍子、面色冷峻的人。那個人一直微皺眉頭，眼神凌厲，不時看著已經關上的房門，似乎隨時準備衝出去。

餘下的五個人就坐在他們的對面。二子拉著我坐在靠近大掌櫃的位置。他一坐下來，就堆著滿臉猥瑣的笑容和大掌櫃搭話，搞得我都有點不好意思。

這時，一個嬌滴滴的女人在我身邊喊了起來：

「哎呀，小兄弟，姐姐能不能坐在你旁邊啊？」

我抬頭一看，看見一位盤著髮髻、樣貌非常俐落的女人。她樣貌普通，看不出年紀，含笑看著我，聽口音，我猜她可能是雲南來的嚮導，於是連忙起身，恭敬地說：「姐姐請坐。」

這個女人掩嘴一陣嬌笑，用媚眼看著我說：「哎呀，姐姐就喜歡你這樣的人，有什麼事，儘管找姐姐，姐姐一定幫你。」

這時，女人的下首卻傳來了一聲冷哼，一個陰沉的聲音說道：「哼，小子，等下說不定你怎麼死的都不知道呢。」

我不覺一愣，知道這個聲音是衝著我來的，連忙向聲音的方向看去，只見隔著一個座位，坐著一個全身都裹在黑袍中、頭上戴著黑斗篷、臉上蒙著面的人。這個人正冷眼看著我，似乎對我很不喜歡。

我不太明白他為什麼對我這麼有敵意，有些疑惑，就想過去和他說兩句話，緩解一下氣氛。

我剛起身，我身邊的女人一把拉住了我的手臂，笑道：「哎呀，小兄弟，你理那東西做啥？不管他，咱們坐著說話。」

她雖然只是隨手拉了我一下，我卻如同被蛇咬了一般，驚得出了一身冷汗。

我全身一抖，連忙彎腰躬身推開女人的手道：「姐姐，聊天可以，但您還是先把您的小寶寶照顧好吧，不然我可不敢坐下了。」

姥爺曾經跟我講過苗人養蠱的事情。養蠱要在每年端陽正午，大地陽氣最盛的時候，到野外抓毒蟲，比如毒蛇、蜈蚣、蜘蛛、蠍子、馬蜂、蟾蜍等等，但凡是有毒的東西都行，抓回來之後，在家裏焚香祭拜蠱神，再將毒蟲都置於一口大罈子之中，蓋上罈子，直到罈子裏的毒蟲只剩下最後一條毒蟲，就是蠱蟲。

餵養蠱蟲的方法，就是定時讓蠱蟲去吸人的血，人被蠱蟲吸血之後，雖然不會失血而死，但也會身中劇毒。

如果不放蠱蟲出去咬人，蠱蟲就會咬養蠱者，把養蠱人反噬致死。蠱蟲中最厲害的，是冰魄金蠶蠱。

每種蠱蟲的毒性都不同，只有養蠱人才有解藥。所以，如果得罪了養蠱人，被他養的蠱蟲咬了，那基本上就是死路一條了。而養蠱的人家，通常都是裏外打掃得一塵不染。所以，在苗寨行走的時候，如果遇到特別乾淨的人家，是不能進去的；遇到穿著打扮特別考究整齊的人，也最好不要靠近。

姥爺還說，苗人有一種趕屍的活計。這些人白天休息，晚上走路，一旦遇上，切勿衝撞，要繞道讓開。這叫做「喜神過路，關門閉戶，大路朝天，各走半邊」。

我第一眼看到這個女人時，就覺得她的打扮太乾淨俐落了，但是一時間卻沒能想到這一點。剛才她伸手拉我的時候，我清楚地看到，她悄無聲息地把我衣服上的一根頭髮捏了起來，塞到口袋裏。我這才反應過來，她是一個養蠱的人。

養蠱的人如果想讓蠱蟲害人，只要把那個人的頭髮或者碎指甲之類的東西讓蠱蟲嗅一下味道，蠱蟲就會去叮咬那個人。

我心裏懊惱自己沒有早一點發現，搞得現在被人家握了把柄，看著這個女人，氣也氣不得，一點辦法也沒有。

我是不敢向她討回頭髮的，因為我擔心她一生氣，就讓蟲蟲來咬我。但是我也不能完全裝作不知道，於是提醒她一下，我已經知道她是養蟲人了，讓她不要害我。

果然，她有些意外地看了看我，又是掩嘴一陣嬌笑，然後說道：

「小兄弟，果然是高人，姐姐越來越喜歡你了。放心吧，姐姐的小寶寶現在不餓，你坐吧，咱們聊天來。」

我這才鬆了一口氣，訕笑了一下，側身坐下來，小心地陪著她說話。

「什麼小寶寶？我怎麼沒看到？」二子這時滿臉好奇地伸頭過來問道。

「呵呵，這位大哥想要看看妹妹的小寶寶麼？」這個女人一邊拋媚眼，一邊笑著問二子。

二子愣了一下，張口就說想要看。我趕忙伸手捂住了二子的嘴巴，轉身訕笑著說：「姐姐，別聽他的，他是個木頭，什麼都不懂，咱們聊天吧，不用管他。」

我用力在二子的手臂上掐了一下，悄悄在他的手臂上劃了幾下。

二子接到我的暗號，不覺一驚，差點就要起身換座位了，卻被我一把按住。二子明白暫時沒有危險，這才鎮定下來，但是他的神情卻像被霜打的菜葉，瞬間就蔫巴了，一副神不守舍、坐立不安的樣子。

大掌櫃冷冷地笑了一聲，似乎很不屑。我聽到笑聲，不由得扭頭皺眉看了她一眼，正好和她對上眼，然後又不約而同地移開視線。

我和那個養蠱的女人說話的當口，瞥眼看了看她下首坐著的那個蒙著黑布的男人，悄悄對他投去了感激的眼神，但是那個男人卻像壓根就沒看到我一般，正在和他旁邊坐著的一個人說話。

坐在他旁邊的那個人，也是一個五十來歲的老者，斑白的頭髮，穿著一身粗布的長衫，愈發顯得蒼老，而且還微微弓著背，似乎他的身軀無法支撐歲月的壓力一般。

這個時候，大家基本都坐定了，那個被二子稱作大掌櫃的女人，緩緩地站起身來，不疾不徐地說道：

「好了，大家既然都到齊了，那現在就開始吧。首先，各人先介紹一下自己，大家互相認識一下。」

大掌櫃側頭看了二子一眼，意思是讓他先開始。

二子就想站起來，我連忙按住他的手臂，示意他不要著急。二子訕笑了一下，裝作側頭和我說話，沒理會大掌櫃的示意。

大掌櫃又看了我一眼，接著抬手對另一邊的人示意。

「在下趙天棟，師從清了真人，隸屬茅山一派，道行低淺，請大家多指教。」第一個開口的人是趙道士，因為自覺臉上無光，不敢再信口開河胡吹。他低頭看著自己的腳尖，神情有些沮喪。

「在下吳良才，隸屬嶗山一派，不過嘛，我和他們的想法不同，這世界就是弱肉強食、適者生存的，錢財就是要為有本事的人所用的。」吳良才冷冷地瞪了我一眼才坐下去。

「老頭子我叫張三公，以前在部隊當軍醫，哎，老啦，不中用啦。」

「我叫泰岳，泰山的泰，五岳的岳，以前是當兵的，請大家多指教。」這個小夥子應該就是那個退伍特種兵了。

「我叫婁含，野外生存專家，請多指教。」

看著那個靠門坐著、神經兮兮的人，我這才明白他之所以坐在最靠近門口的地方，原來是他有職業強迫症，隨時都有憂患意識。

對面的五個人介紹完之後，就輪到我們這邊了。二子站起身道：「我叫張二山，請大家多指教。」

其他人都有些好奇地看著他，意思自然是想知道二子有什麼特長。二子的神情看在別人眼裏，顯得有些傲慢。這麼一來，別人反而覺得他是真正的高人了。

我清了清嗓子，站起身道：「在下方曉，初出茅廬，如有不周到之處，還請大家多多包涵。」

「喂，小子，你這介紹太簡單了吧？你是哪個山頭的？」就在我剛要坐下去的時候，吳良才冷哼了一聲問道。

我沒有理會他，含笑地看著大掌櫃問道：「大掌櫃，在下師門小山小廟，實在不登大雅之堂，你看，我不說行麼？」

大掌櫃微微點頭道：「不說也罷。不過，方曉兄弟，你今天是第一次來參加聚會，以後和大家就是共患難的兄弟，所以，我想大家對你很好奇，你還是稍微介紹一下你的特長吧，讓咱們增進一下瞭解。」

我就知道這個女人對我也很好奇，想要探我的底。我乾笑了一下，裝出很窘迫的樣子，支吾道：

「我其實……沒……沒什麼特長，只是從小有一項異秉，可以看到陰煞之氣。」

屋裏的人除了二子之外，都新奇地看向我。

有人問道：「那剛才院子裏的那個陰魂，你也看到了嗎？陰魂是什麼樣子的？」

「那個陰魂是一個荳蔻年華的女孩，頭髮散亂，衣衫破爛，渾身是傷。那個陰魂雖然慘死，卻沒有太多怨氣，也沒有害人之心，只是想尋找有緣人代她申冤，可是現在她再也無法申冤了，她的魂魄已經被趙先生的桃木劍打散了。」我嘆了一口氣，有些氣悶。

聽我這麼一說，眾人不覺也有些抱不平地看著趙天棟。

「哼，陰魂就是陰魂，勢必是要驅除的，這有什麼不妥嗎？居然還去憐憫陰魂，真是可笑之極。」

吳良才見到趙天棟一直低頭不說話，心裏氣不過，見我沒有搭腔，又斜眼看著我說：「原來只是天賦異稟，我還以為你有多深的道行呢！哼哼，你以為能夠看到陰魂是多麼厲害的本事麼？我用一道符水就可以讓人看到陰魂。哼，真是不知天高地厚！」

「就你話多。」二子看不下去了，一拍椅把，瞪著吳良才罵了一句。

「老道倒要試試你的手底有多硬，來來，咱們到院子裏切磋去！」吳良才也登時火起，霍然起身，就要和二子出去掐架。

二子怎麼會怕他？見到吳良才不依不饒，二子也立即站起身，準備往外走。

我連忙一伸手，將二子硬生生地按回座位上，冷眼看著大掌櫃說：

「大掌櫃的，適可而止吧，還是談正事要緊。」

「嗯，不錯，你們都不要再吵了。」大掌櫃淡笑著發了話。二子和吳良才這才冷靜下來，不再開口了。

「大家好啊，我是苗人，我生下來的時候，是黑天，沒月亮，所以我就叫黑月兒，大家叫我月妹就行啦。」養蠱的女人自我介紹完畢，還側頭笑著對我說：「小兄弟，你得叫我姐姐，懂嗎？」

「懂，懂。」我連忙訕笑著回答。

「嘻嘻嘻，小兄弟，你真是個乖寶寶。」黑月兒說完坐了下來，又伸手拉了拉我的手臂，嚇得我一陣發毛。

「我叫烏老三，叫我老三就行了，看得起的，叫一聲三弟或者三哥，我就把你當親兄弟。咱從小沒爹娘，是師父養大的，是個趕屍匠，大家多指教。」

坐在黑月兒下首的那個蒙臉男人粗聲粗氣地說著，瞪大眼珠子掃視了眾人一圈，就悶頭坐下了。

大家都聽說過趕屍匠大多是奇醜無比，所以一時間大家都對烏老三的廬山真面目產生了很大的興趣。

「大家好，我叫周近人，以前在地質院待過，還請大家多多包涵照顧。」輪到最後一個人介紹。

見到大家都介紹完了，大掌櫃清了清嗓子，抬手對身側一個有著大鬍子的保鏢說：「把東西取出來吧。」

「是。」這個保鏢站到了屋子中間，伸手從腰裏拔出了一支手槍，握在手裏。

「試槍。」大掌櫃吩咐道。

保鏢轉身對著厚木板房門「啪啪啪啪——」連續開槍，一口氣把槍裏的子彈打完了，打得木門斜垮了下來。然後他一轉身，俐落地退出彈夾，又裝上了一夾子彈，雙手捧著手槍，恭敬地放到大掌櫃旁邊的桌子上，說道：

「試槍完畢，槍彈正常。」

「嗯，好。」大掌櫃點頭微笑，揮手讓他退下，接著站起身，看著眾人說：「之前說過，這次集合，最主要的任務是要挑選一個人當隊長。當隊長的好處，大家都知道了。既然是隊長，就要有領導能力才行，所以，能者居之。」

大掌櫃頓了一下，「我擬了三道試題。現在，就請大家各自回答，綜合分數最高者為本次行動的隊長。隊長一旦選出，當場授予這件物品。」大掌櫃指了指桌上的手槍。

「現在，我說第一題。」

眾人不由得都深吸了一口氣，聚精會神地看著大掌櫃，神情有些緊張。

大掌櫃慢慢地說：

「假設你們在路上出了一個意外，有一個人死了，隊伍中，甲乙丙丁四人的嫌疑最大。盤問的結果，甲說不是他殺的，乙說不是丁殺的，丙說是甲殺的，丁說是丙殺的。那麼你覺得，這個人是被誰殺的？每個人把答案寫在紙上交給我，我再公佈答案。」

大掌櫃說完，緩緩地坐下，端起茶杯喝茶。

眾人面面相覷，沒想到會是這麼刁鑽的問題，開始交頭接耳，七嘴八舌地討論起來。

我拿著紙筆，猶豫了半天，因為我還是第一次遇到這種推理題，一時間無從下手。這時，二子輕輕地推了我一下，對我豎起了三個指頭。我立刻會意，在紙上寫下了「丙」，交了上去。

大掌櫃看完大家的答案，點點頭道：「接近一半的人都答對了。有張二山先生、方曉小兄弟、黑月兒姐姐和泰岳兄弟。」

大掌櫃先看向泰岳，問道：「泰岳兄弟，你能說一下答案為什麼是丙嗎？」

泰岳漲紅了臉，皺眉道：「我只是憑直覺猜的。」

「哦，這個可算是運氣了。」大掌櫃淡笑了一下，又問黑月兒：「月兒姐姐，你為什麼選擇丙？」

「哎呀呀，大掌櫃，我哪裡知道為什麼啊？這都是小兄弟和那個胖子對暗號時被我看到啦，我就照著寫的。」黑月兒答道。

「嗯，那你也算是運氣。」大掌櫃又看向我和二子，問道：「你們誰先知道答案的？」

「他。」

「他。」

我和二子幾乎同時指向對方。

「到底是誰？」大掌櫃有些疑惑地問道。

「搞什麼？你怎麼推給我呢？」二子有些著急，皺眉低聲說道。

「該是誰的，就是誰的。」我抬頭看著大掌櫃，「大掌櫃，這個題目不是我憑自己的本事答對的，他是唯一一個答對題的人。」

「嗯，好吧，這一題是張先生勝出了。」大掌櫃微笑道。

「哼，估計他也是亂猜的吧？」吳良才見到二子扭捏的樣子，冷笑著諷刺道。

二子不覺有些惱火，起身說道：

「四個人中，只有凶手才會撒謊。假設大家都沒有撒謊，那麼，首先乙不是凶手，因為沒人指證他。乙不是凶手，那他就不會撒謊，他說丁不是凶手，而丁不是凶手，他也沒必要撒謊，丁說是丙殺的，凶手就是丙了。而且，丙說凶手是甲，甲又說自己不是凶手，所以，如果甲沒有撒謊，那就是丙撒謊了，撒謊的就是凶手。」

「如果是甲撒謊了呢？」我問道。

「如果甲撒謊了，那我們假設甲是凶手，那麼丁也撒謊了，因為丁說凶手是丙，而凶手只有一個，所以，由此可以推理出甲並沒有撒謊，只有丙一個人撒謊了。」二子笑著看我，然後轉身問道：「大掌櫃，我說得對不對？」

「完全正確。」大掌櫃點頭道，「隊長需要有很好的邏輯分析能力，這樣在遇到意外狀況的時候，才能冷靜處理，不出差錯。」

二子得意地坐回椅子裏，滿臉舒暢之情，而吳良才則氣得面色鐵青。

「接下來，出第二道題。」大掌櫃又道，「如果我們的隊伍在行進過程中遇到岔道，有的人要走右邊，有的人要走左邊，作為隊長，該怎麼辦？」

大家不覺都低頭沉思著，接著都是滿臉自信的表情。

大掌櫃微笑道：「從張先生開始說吧。」

「我的方法很簡單，隊伍是不能分散的，不管走那邊，都要一起行動，誰要是不服從，那我就拿槍逼著他跟我們走。」

二子現在顯得自信多了，話也說得有些狠勁了。

吳良才再次冷哼一聲，嗤之以鼻道：「拿根雞毛當令箭，你以為你是誰？真是笑死人。」

「大家都怎麼看？」大掌櫃索性不挨個兒問了。

「這個有啥問題嘛，當然是聽嚮導的了。」黑月兒接口說了一句。

「對，就是這樣的，聽嚮導的。」眾人都點頭贊同。

「那如果嚮導也不認識路，該怎麼辦呢？」大掌櫃追問道。

「這個——」眾人都皺起了眉頭，一時間沒能回答出來。

見到大家都不說話，二子又得意起來，嘿嘿笑道：

「這個問題再簡單不過啦，聽隊長的話就是了。再不行，抓鬮也可以啊，反正是絕不能分散隊伍的。」

吳良才又坐不住了，問道：「大掌櫃，這麼問下來，到底算是誰勝出了？」

大掌櫃看著大家問道：「大家覺得誰勝出了？」

大家有些疑惑地互相看了一下，都一齊指了指二子，只有吳良才和趙天棟沒有表態。

「多謝，多謝大家捧場，哈哈。」二子起身拱手致謝。

「好吧，現在說第三道題目。按理來說，三局兩勝，張先生已經可以擔任隊長了，但是呢，這第三道題我既然已經準備了，就說出來，讓大家討論一下，也請張先生考慮這個問題，給我一個答覆。」

「什麼問題，你說。」二子這時喜上眉梢，沒想到自己真的當上隊長了，不由得摩拳擦掌，滿心歡喜。

「嗯，如果你是隊長，但是中途你出了意外，不能再繼續履行隊長的職責了，那，請問誰是你的接班人呢？」

大掌櫃沒等二子回答，卻又讓手下給大家發了紙筆：

「大家可以把接班人的名字寫在紙上，交上來。」

大家各自寫了一個人名交了上去，我也隨手寫了一個，沒當回事。

我寫完之後，扭頭看著二子，皺眉問道：「你不會寫的是我吧？」

「嘿嘿，你倒是想得美。」二子笑了，豎起手指，擺了一個手槍的姿勢，得意地說：「接班人嘛，自然是會使槍的人，到時候，我把槍給誰，誰就是隊長。」

我不由得一愣，心裏不禁有些佩服二子，這傢伙雖然表面上看起來不太靠譜，但是遇到事情的時候，處理問題卻都是切中要害的。

果然，大掌櫃看完眾人的答案後，也滿意地對著二子點頭道：「張先生的答案讓我非常滿意。這麼看來，這個隊伍可以放心地交給你了。」

大掌櫃拿起桌上的手槍，雙手捧著交到了二子的手裏。

二子喜笑顏開地接過來，擦了擦，滿心歡喜地別進腰裏，然後問道：「大掌櫃，事情都說完了，隊伍什麼時候出發？你那邊定下來沒有？」

「明天一早出發，到時候會有人給你們安排的。現在大家先散了，回去好好休息一下。明日一早，先分頭離開這裏，到北面的賓館集合，然後再一起上車出發。這是上車要用到的暗號，你們記住了。」

大掌櫃抬起右手，捏了三下，接著就讓手下送大家出去。

「小兄弟，你今晚住哪個房間啊？姐姐想過來和你聊聊天，好不好？」黑月兒和我一起往外走。

我咧嘴訕笑道：

「額，姐姐你還是好好休息吧，我今晚喝酒了，有些累，想回去好好睡一覺，養養精神，不能陪你了，您可千萬別介意。」

「哈哈哈，介意什麼，我知道你的心思，小人兒又不乖。」黑月兒嬌笑著瞥了我一眼，扭著腰身走了。烏老三連忙快步跟在黑月兒身後。

「大家再見嘍。」黑月兒回身向大家揮手道別，卻壓根兒沒看烏老三一眼。

「師兄，我們走吧。」吳良才和趙天棟一起走出來，冷眼看著我們，冷哼一聲，也離開了。

「大掌櫃，我送三公回去。」泰岳扶著老軍醫出來，和大掌櫃招呼了一聲。地質專家和野外生存專家是一起走的，最後就剩下我和二子了。

二子問大掌櫃道：「大掌櫃，咱們什麼時候能再見？」

我不覺感到有些臉紅，連忙扭頭去看別處。大掌櫃似乎也沒想到二子會問得這麼直接，不由得微微愣了一下，接著淡笑道：

「放心吧，很快就可以再見的，你不要忘記我就行了。」

「哎呀，怎麼可能忘記您呢？我就是死了變成鬼了，也會一直記著你的。嘿嘿。」二子滿臉堆笑。

「嗯，多謝張先生的記掛。」大掌櫃說完，扭頭看向我：「方曉兄弟可否稍留片刻，我還有幾句話想和你說。」

「哦，還有我的事？」我不覺有些好奇地看著她。

「嗯，請跟我來。」大掌櫃轉身走向側面一個房門。我跟著她走進去，發現房間很狹小，裏面只有一張桌子，桌上點著油燈，還放著一個半尺長的小黑鋼管。

「這個給你。」大掌櫃拿起那根鋼管，回身遞到我的手裏。

「這是什麼？」我拿起那根鋼管，好奇地端詳著。

「這是一個小型鋼索發射器，擰動底端的滑輪部分，鋼索就會發射出去。鋼索前段是合金的倒刺箭頭，可以直接插進石縫裏面。」

大掌櫃從我手裏拿過鋼管，對準屋子的土牆一擰鋼管的尾端，只聽「嗤」一聲，一道銀白色的鋼絲飛射而出，直接釘進了土牆中。

「這鋼絲有十米長，一般的高坡都可以上去，前面的鑽頭釘進去之後，只要往下拉鋼絲，倒刺就會卡在縫隙裏，如果想要收回來，反向抖一下就可以了。」大掌櫃將鋼絲倒刺抖落下來，然後反向擰著鋼管的尾端，把鋼絲鑽頭都收進了鋼管中。

我把鋼管握在手裏，沉甸甸的，心裏又是欣喜又是疑惑，下意識地問道：「為什麼給我？」

「你真的不知道原因嗎？」大掌櫃有些幽怨地看著我。

我不覺一怔，連忙看向她蒙著黑紗的臉，想看清她的樣子，她卻「撲哧」一笑：

「好啦，逗你的，我是看這些人裏，就你最年輕敏捷，最適合使用這個，所以才給你的，你可別想歪啦，小兄弟。」

大掌櫃故意學著黑月兒的口音，搞得我又尷尬又無奈。

「謝謝你了。」我點頭道。

「不用謝啦，走吧。」大掌櫃轉身出了房間，對院子裏等著的二子招手道：「你們去休息吧，明天記得早點赴約。」

「好咧，放心吧。」二子眉開眼笑地點了點頭。

第五十三章

考古隊

車子出發後，開到一個小縣城裏，在一個博物館外面停下了。
我看到博物館上寫著「衫翟博物館」，
上面還掛著一個橫幅：「熱烈慶賀我縣紅河考古隊成立」。
我思索了一下，大概明白他們在搞什麼把戲了。

第二天一早起床後，我們來到小鎮北面的賓館前面等著。一輛銀白色麵包車駛了過來，對我們招手道：

「喂，搭車嗎？」

麵包車的司機招手的時候，手指捏了三下，我和二子連忙揮了揮手，也捏了三下。那個人見暗號對上了，打開了車門。

麵包車載著我們一路飛奔，在一個很偏僻的小村子裏停了下來。

司機帶著我們走進了一個農家的堂屋，然後把門掩上，打開了屋子裏放著的一口黑色木箱子，從裏面拿出兩套衣服，對我們說：

「這是給你們的衣服，箱子裏，另外還有一套備用的。你們先換好衣服，我再帶你們去集合地點。」

我和二子對望了一眼，沒有說話，接過衣服馬上換裝。衣服非常合身，我很滿意，把自己身上原來的衣服和備用的衣服都打包好，拎在手裏。

車子繼續出發後，沒再往小山村裏鑽，而是上了一條大道，開到一個小縣城裏，在一個博物館外面停下了。

我看到博物館上寫著「衫翟博物館」，上面還掛著一個橫幅：「熱烈慶賀我縣紅河考古隊成立」。我皺眉思索了一下，大概明白他們在搞什麼把戲了。

進了博物館二樓的一間會議室之後，我發現昨晚參加會議的人已經都到了。除了黑月兒和烏老三之外，其他人都換了一身新衣，一個個都顯得有些學究氣息，還真有點考古工作者的意思。大掌櫃沒有換裝，依舊是一身灰色長裙，戴著斗笠，蒙著黑紗。

大掌櫃坐在上首，說道：

「從現在開始，大家就是衫翟縣紅河考古隊的成員了。這次考古任務的相關資料，在隊長那裏保管，大家有什麼疑問，可以跟隊長諮詢。」

大掌櫃揮手讓她手下的人，把一個黑色公事包交給二子。

二子接過公事包，滿心興奮地打開來，和我一起翻看起來，發現裏面的內容相當豐富，有地圖和很豐富的史料。

「你們先不要看，先聽我說。」大掌櫃接著說道，「你們要先坐火車到貴陽，再轉車前往目的地。車票已經買好了，你們都在一個車廂。到了貴陽那邊，就要你們自己安排了。相信你們的隊長會妥善處理的，就不用我擔心了。」

大掌櫃把十張車票遞給了二子，說道：「還有一件事情要說明，你們之間的稱呼要統一。」她指了指婁含、周近人道：

「這兩位，大家要叫他們婁教授和周教授。大家對三公就叫張醫生。兩位道長就叫先生好了。泰岳兄弟是當兵出身，負責這次行動的保全工作，大家叫他泰警官，他算是縣裏的刑偵人員。張隊長，大家叫他隊長。兩位嚮導，大家就叫烏嚮導和黑月兒嚮導。方曉兄弟年少有為，身分是考古隊的學員，大家直接叫他的名字就行。」

介紹完眾人，大掌櫃這才點點頭道：「如果沒有什麼異議的話，大家就出發吧。」

眾人起身魚貫而出，在門口卻被人堵住了，兩個身穿黑色西裝、戴著墨鏡的大漢，對考古隊的人進行了搜身。

搜到黑月兒的時候，大掌櫃走過來揮手說道：「他們兩個不用搜了。」烏老三和黑月兒就直接走了出去。

搜身完畢，確保大家身上都沒有帶著違禁品後，這才一起上了一輛小客車，一路來到了火車站，上了火車，一路向著雲南昆明出發了。

在火車上，黑月兒過來找我說話。她似笑非笑地看著我，問道：

「小兄弟，今年幾歲啦？」

「十五。」我訕笑著回答，從包裹抽出一本書，假裝認真地看了起來，說道：

「黑月兒姐姐，你先休息一會兒吧，我看書，不吵你。」

黑月兒反而伸過頭來看著我手裏的書問道：

「看啥子書，好玩麼？給我講講嘛，我從小沒讀過書，現在都不識字，聽人說，書上有很多故事，你能講給我聽嗎？」

我愣了一下，原來這個女人不識字，心裏不禁對她有些同情。我手裏拿的是《三毛全集》，於是從裏面挑出比較有趣的片段讀給她聽。

黑月兒聽得很投入，不時笑道：

「這個女人有意思，在沙漠裏還那麼開心，真是一個活寶啊，我相信她肯定一輩子都很開心，不然也寫不出這麼開心的事情。」

我說道：「她後來躲在廁所裏，用絲襪上吊自殺了。」

「啊？」黑月兒直愣愣地看著我，呆了半天，才怔怔地問道：「為啥？她為啥要這麼做？」

「她最愛的男人死了，她傷心過度，就自殺了，就是書裏經常說起的那個荷西。」

我發現黑月兒低頭想著什麼，神情有些哀傷，於是就說：「其實我覺得她活得挺轟轟烈烈的。」

「是啊，她太像我們苗家女人了。我們苗女也是非常專情的，願意為自己心愛的男人去死。」黑月兒有些動情地看著我，「小兄弟，以後你要是找老婆，一定要找咱們苗女。你肯定不會後悔的。」

「啊？」我不覺有些尷尬：「我還小，暫時還不想這些事情。」

「沒關係，等到了苗寨，姐姐給你介紹介紹，保證找頂好的水靈妹子給你。」黑月兒掩嘴笑了起來。

夜裡，隊裏的人基本都睡了。我忽然發現我的臥鋪前站著一個人影，是烏老三。他正死死地盯著我，然後沙啞著聲音說道：「你出來。」

我不知道他想幹什麼，心裏不禁有些嘀咕，以為他要對我不利，於是下意識地伸手捏緊了腰裏的陰魂尺，這才看著他問道：「你要做什麼？」

烏老三冷哼了一聲，嘲笑地說道：

「手裏有那麼厲害的法寶，難道還怕我不成？你年紀不大，倒是比混江湖的人還小心，這麼怕死做什麼？」

我心裏總算是放鬆了一點，知道他不會直接對我下手，這才訕笑道：「沒辦法，壞人太多了，我被嚇怕了。」

我走出了臥鋪，跟著他來到了車廂相連處。

「你剛才講的那些故事，是哪裡來的？」烏老三問了我一個很奇怪的問題。

我知道他應該偷聽我和黑月兒說話很久了，心裏不禁有些惱火，覺得這個人實在是太鬼祟了，就撇嘴道：「書上寫的，放心吧，都是好故事，我也不會搶你的女人，我是小孩子，不會對她做什麼的。」

烏老三上下打量了我許久，才轉身看著窗外，淡淡地說：

「她丈夫的屍體，是我親自接回來的。我知道她心裏一直恨我。不過，我理解她的心情，她很多次都想為她丈夫殉情，是我把她救活的。為了防止她尋短見，我一直跟著她，因此她更討厭我了，從來都不理我。」烏老三長嘆了口氣，「這個事情都怪我，如果當年我能早一點趕到，她丈夫就不會死了，她也不會變成這個樣子。」

我心裏有一大堆的疑問，但是我並沒有發問，烏老三大概是悶得太久了，想要找個人傾訴一下，我現在就是那個聽眾。

「你剛才講的那個故事，八成又要勾起她的那個念頭了，所以，我希望你找一些輕鬆愉快的故事說給她聽，不要再講這些故事了。」烏老三拍了拍我的肩膀，臉色凝重地看著我：「拜託你了，謝謝你。」

我不由得問道：「你和她丈夫是什麼關係？」

「她丈夫是我的親哥哥，她是我親嫂子。我哥臨死前，囑咐我要好好照顧她。」烏老三說道。

我不覺一噫，沒想到他們的關係居然如此親密。

「這麼說來，你哥哥也是趕屍匠。他是趕屍的，怎麼反而死了呢？他遇到了什麼事情？」我追問道。

「這個事情，不方便和你說。」烏老三搖了搖頭，嘆了一口氣：「好了，我今天話有點多了，以前我都沒有這樣。既然她樂意和你待在一起，你就幫我照顧照顧她吧。」

我笑道：「有件事情我要和你說，她好像收集了我的頭髮。」

「嗯，這個我知道。」烏老三從口袋裏掏出了一小包草藥遞給我，「這個是解蠱毒的藥，你帶著吧，萬一中招了，不會有事的。她的蠱毒其實非常淺，但對自己傷害非常大，其實是一種自虐的行為。」

我接過解藥，心裏對他的印象有了些改變，覺得這個把自己面目藏在黑布後面的人，其實是個好人。

看著烏老三回去了，我並沒有走，點了一根菸，一邊看著窗外，一邊悶頭抽著。我的心裏湧起了一個巨大的謎團，烏老三和黑月兒為什麼要加入到我們的隊伍中來？

按照烏老三的說法，黑月兒的精神已經不是很正常了，現在她出現在這個隊伍裏，此行必然有著巨大的誘惑。

我突然意識到了一個非常嚴重的問題，考古隊這十個人，每個人都有著非常特別的原因，才會加入這次行動的。我在心裏大致梳理了一下情況。我和二子是為了給姥爺治病。那兩個道士、泰岳、張三公、婁含和周近人，應該是為了錢，而泰岳很可能是大掌櫃請來的保鏢。

據二子說，烏老三和黑月兒是嚮導，加入時，只交了一半的訂金；不過事成之後，酬勞還是和別人一樣，而我感覺他們應該不是會為錢折腰的人。

「喲呵，在這兒想什麼呢？這麼深沉的樣子？」我的身後傳來二子粗聲粗氣的聲音。

我轉身一看，發現二子身後還站著一個人，是那個長著小鬍子、眼神游離不定的野外生存專家婁含。我微笑了一下，掏出菸盒，給他們遞了菸。

「來，給隊長點上。」二子夾著菸，湊到我的火上點了。婁含卻夾著菸，在鼻子前聞了聞，說道：「我不抽菸。」說完，就把菸塞到垃圾桶裏去了。

我問他們道：「你們怎麼不睡覺？」

「悶。」二子鬱悶地笑了一下，「那你怎麼也跑出來了？」

「我覺得，我們現在必須要先弄清楚一件事情。」我沉吟道，「大家肯定都有自己的原因才加入這次行動的，我們現在最好先把這些原因都弄清楚，不然的話，說不定以後會因此出事。」

二子和婁含都贊成地點了點頭。

婁含皺眉道：「你說得很對，我就是喜歡探險，我這輩子最大的夢想，就是能夠周遊世界，所以，我需要錢。這次的行動如果能夠成功，我需要的錢就夠了，這就是我加入的原因。你們還有沒有什麼事我能幫得上忙的？」

二子問道：「你就說說隊裏你比較熟悉的人，他們是為什麼加入進來的吧。」

婁含想了想，說道：「我比較熟悉的就是泰岳和張三公，還有周教授。泰岳是因為要籌錢娶老婆，張三公是因為小孫子得了重病，需要出國治療，所以才鋌而走險。至於周教授嘛，他說是想去那邊考察地質情況，還說他很會鑒別寶石，大概是想大撈一筆。」

二子點頭道：「都還算是靠譜的。就是那兩個道士，出家人應該不會為了錢吧？」

「誰說出家人就不需要錢了？」

這時候，靠近我們的一間臥鋪間的房門打開了，周近人一邊往外走，一邊點著菸道：「他們兩個人，身世也都很淒慘。趙天棟的師父原來是茅山腳下的一家道觀的主持，後來死了，道觀也衰敗了，所以，他一直想籌錢重建道觀。吳良才則是因為爭奪掌門位置的時候失利，被師門驅逐出來的，所以，他想籌錢自己開山立派，爭一口氣。咱們這個隊伍裏啊，每個人心裏都藏著一些傷心事，所以，我勸你們還是不要問得太清楚的好，不然的話，反而會激起他們的不滿。」

二子訕笑道：「周教授，你不會也有傷心事吧？」

「怎麼會沒有呢？你知道我為什麼要加入嗎？」周近人看了看婁含。

婁含不好意思地訕笑道：「剛才我是亂猜的，你別生氣。」

「沒事，其實你說對了一半，我確實是想去那裏做地質考察。」周近人抽著菸，身子有些微微顫抖：「另一半的原因是，我最心愛的人在那裏，我想把自己也留在那裏，永遠陪著她。」

我們都愣住了，半天沒反應過來，還是二子悶聲問道：

「你的夫人在那裏遇到了什麼事情？」

「她其實不是我的太太。」周近人的眼睛濕潤了，「她是我的大學同學，當時我們情投意合，準備一畢業就結婚，但是有一次考古時，她掉到懸崖下面了，這麼多年來，連屍體都沒找到。自從出了這件事，我沒事就往那邊跑，而且總是去幹危險的事情，就是希望自己能夠也留在那裏。可惜，我的命太硬了，這麼多年一直都沒有死。嘿嘿，有時候，死也不是那麼容易的事情啊——」

周近人傷感地嘆了一口氣，擰滅了菸頭，轉身回房間了。

我們三個人面面相覷地對望著，老半天都沒能說出話來。

周近人的話，給我的觸動挺大。一開始，我確實對隊伍中的其他人都心存戒備，總想著提防他們。現在，我突然意識到自己的錯誤。大家走到一起，都是因為緣分，我們需要的是互相信任，共同把事情做好，而不是互相猜忌。

我深吸了一口氣，對二子說：「他說得對，我們還是不要深究了。」

二子點了點頭：「你放心，我心裏有數。」二子看了看婁含：「哥們，你要回去休息了麼？」

婁含明白二子還有事情要和我說，撇嘴笑道：「好了，我去休息了，你們聊吧。」

我看著婁含的背影，忽然覺得似曾相識，一時間不由得愣住了。

「別看啦，一個大男人，有啥好看的？」二子見我發愣，用胳膊肘捅了捅我。

我訕笑了一下，問道：「你要和我說什麼？這麼直接把人家支開？」

二子從口袋裏掏出一個牛皮紙信封，遞給我說：

「你看看吧，這是地圖，我看不懂，只好請教你了。」

我連忙接過信封，取出地圖一看，也皺起了眉頭，因為這地圖壓根就不是專門繪製的，而是從市面上印刷出版的大地圖上直接剪下來的。

這個地方叫「畢節地區」，下轄好幾個縣城。地圖上用一條紅色線畫了一條彎彎曲曲的路線，在最終的地點打了個紅叉，這是畢節地區下轄的兩個縣城交界，一個叫「驚門」的地方。我覺得這個紅叉根本就沒指出確切的地點，心裏有些犯難。

二子提醒道：「我看不懂的，不是這個紅叉，是背面的東西。」

我連忙翻過地圖，發現背面有一行小字：

「東經一〇五度五十八分，北緯廿七度三十五分，發現異常信號，具體內容請看附錄。」

我問二子：「附錄呢？」

「沒有。」二子訕笑道。

「沒有？那咱們怎麼去找這個地方？」我疑惑地問道。

「只能自己找了。」二子撣了撣煙灰，「大掌櫃和我說過一點，但是因為情報太機密，沒敢說得太清楚，她只是說，那邊有條冷水河，讓我們沿著河水一路往上走，就能找到了。」

二子有些洩氣地乾笑了一下，「聽說那邊相當落後，還不知道這路能不能走通，當時他們居然能發現這麼秘密的地方，我真是服了他們了。」

「關於那個地洞，你看看這個。」二子又掏出一張報紙遞給我。那是去年的一張《貴州日報》，頭版頭條上寫著「最新考證夜郎墓遺址在我省畢節地區」。

我問道：「這什麼意思？我們這次就是找這個自大的傢伙去的？」

「可不是？現在兩個省都說這東西是他們的，爭得很激烈。這可是潛在的旅遊資源啊。」

我點頭道：「這上面沒說具體位置，大概也是為了保密吧。不過，按照這上面的說法，當時夜郎國確實是很有實力的。我們這次要光顧的地方，很可能就是這位說大話的哥們的陰殿。夜郎國達到了鼎盛，他的陰殿規模肯定也很大，估計不好進。」

「嗨，只要能找到地方，不怕進不去，咱們可是考古工作者，就算咱們把那兒炸了，行動也很方便的，根本就不用顧慮太多。」二子瞇眼道，「我現在唯一擔心的事情，就是天氣啊。」

我一愣，接著心裏一沉，問道：「那邊的汛期是幾月份？」

「快到了吧，要是提前的話，正好就趕上了。要真是趕上了，連進山都不可能了。」二子滿臉凝重地掐滅菸頭，深吸一口氣道：

「所以，咱們還是要做好打算才行，不然到時候困在山裏可就麻煩了。」

二子說著話，打了個哈欠道：「好吧，我也有點睏了，要回去睡一會兒，你也休息一下吧。」

「嗯，那我也回去了。」

我和二子說完話，回到了臥鋪間，很快也進入了夢鄉。

一覺醒來的時候，我發現大家已經在吃晚餐了。黑月兒給我遞了一份晚餐，我接過來，和他們一起吃了。大家都沒怎麼說話，氣氛有些沉悶。

吃完飯，黑月兒興奮地對我說：「你再給姐姐讀幾個故事吧。」她的苗族口音居然消失了。

我微笑著點點頭，沒再拿那本《三毛全集》，另外拿了一本歷史故事書。我沒帶笑話書，只好給她補補歷史知識了。黑月兒倒也聽得津津有味，讓我心情放鬆了不少。

火車到站之後，大家來到廣場上，二子宣布了他的安排。

「咱們先去市場，給大家一個小時自由活動時間，然後在市場門口集合。婁含和泰岳，你們和我去給大家買裝備。」

我直奔市場右邊的書店，買了好幾本關於夜郎古國的書。才出店門，就看到烏老三急匆匆地向一個小巷子裏走去。我見他行蹤有些詭異，就跟了過去，發現他正站在巷子裏的一棵粗大老樹下，對著樹幹凝神看了一會兒之後，轉身就走，行色匆匆。

我待他走後才走進巷子裏，看到那棵樹幹上有許多刻痕，其中有一道新鮮的竹節刻痕，可能是一種暗號。於是我猜測，烏老三可能是通過這個方法，在和他本地的朋友聯繫，心裏不禁有些擔憂，擔心他會中途反水，出賣我們。

我連忙準備去找二子商量這個事情，卻不想一出來，就看到烏老三和黑月兒正站在街邊說著什麼。黑月兒的神色很奇怪，有氣憤也有恐懼。

「我不怕她，有本事她就來！」黑月兒皺眉冷聲說道，「只要我們把這筆生意做完，我一定讓她血債血償，死無葬身之地！」

「她向來行蹤詭異，我看我們還是不要惹她為妙。」

「哼，不惹她？那老二的賬怎麼算？」黑月兒冷眼看著烏老三。

「那是上一輩遺留的問題，這個事情是二哥先越界了。她雖然一直發誓要殺光烏家所有人，但是這麼多年，不是也沒動手麼？二哥那次其實算是誤傷，只是她不願意幫他解毒而已，這個事情其實也怪不了她，我們畢竟欠她太多。」烏老三沙啞著聲音解釋。

「哼，欠也是你們烏家欠的，和我沒關係，她殺了我丈夫，我就要找她報仇。這次別說剛好路過她那裏，就是不路過，我都要過去會會她。我倒要問問她，憑什麼毒死我丈夫！」黑月兒不再理會烏老三，甩手走了。

第五十四章

家族恩怨

黑月兒的心情似乎好了很多，她坐在驢背上唱起了苗族山歌。
許多鳥兒被她的歌聲驚起，撲啦啦地飛起來了。
二子問道：「大妹子，你的嗓子真是好啊。
你能不能講講你丈夫和那個女人之間的恩怨到底是怎麼回事？」

「貴州畢節地區，古夜郎國所在地，屬長江流域和珠江流域兩大水系，下轄七星關區、大方縣、黔西縣、金沙縣、織金縣、納雍縣、威寧彝族回族苗族自治縣、赫章縣、百里杜鵑管委會等地，境內漢、彝、苗、回、布依、白、仡佬等多民族混居，地勢西高東低，屬於岩溶地貌，名勝古蹟眾多，岩溶景觀獨具一格，被稱為『貴州屋脊』。金沙縣位於畢節地區東部，地處烏蒙山脈和婁山山脈交匯處，坐落於烏江流域和赤水河流域之間……」

車子在彎彎曲曲的山路上行駛著，我們一邊收拾整理各自的裝備，一邊聽著周近人的介紹。

我們每個人都有一個厚實的帆布登山雙肩包，備足了一周以上的食物和水，還有鐮刀、撓鉤、繩索等登山攀岩工具。婁含還給每個人都買了深筒軍靴、帆布長雨衣、手電筒、打火機等。

「我們先到鷩門，接下來就得徒步了，也可以雇毛驢，你們覺得怎麼樣？」二子問眾人。

周近人抽著菸，眯眼道：「還是雇幾頭毛驢比較好，不然負重太多，走起來太累了。這地方我經常來，大概知道一點情況。不信的話，你問問兩位嚮導。」

「隨便你們，」黑月兒淡淡地說，「我們苗家人是不用的，我們走慣了山路，怎麼走都行。你們要是體力吃不住的話，還是雇幾匹毛驢比較保險。」

「嗯，那就雇幾頭。」二子又對烏老三和黑月兒說：「兩位，你們對這個地方的道路很熟悉嗎？」

黑月兒嬉笑道：「哎呦，大哥，妹子的家可就是在驚門山裏頭，到時候啊，還可以請你們去家裏坐坐呢。」

「哈哈，那敢情好啊。」二子從後視鏡裏突然看到烏老三正陰沉著臉在瞪著他，不覺話頭一噎，訕笑道：「不方便打擾的話，還是算了。」

車子在一個被密林環抱的小山村裏停了下來。

「這個地方叫劉家溝，是個漢人村莊。」二子看向周近人道：「周教授，你對這邊的情況比較熟悉，走，跟我去雇幾頭毛驢吧。」

「好。」周近人爽快地笑著下了車。

不多時，兩人便牽了四頭毛驢出來。二子給張三公和泰岳分了一頭，給趙天棟和吳良才分了一頭，又給周近人和婁含分了一頭，餘下一頭則是我和他共用，黑月兒和烏老三沒有分配，因為他們連大包都沒有背。不過，往山裏趕路的時候，我還是讓黑月兒坐到了毛驢上，畢竟她是女人，需要特殊照顧。

黑月兒坐在毛驢上，烏老三牽著繩子，我和二子就跟在他們後面。我們開始進山了。

「這就叫做岩溶地貌，也叫喀斯特地貌。」周近人介紹著，「億萬年前，這裏曾經是淺海，世界屋脊那邊是深海，海水沖刷成了這種地貌。等咱們進得更深，還會看到更壯觀的景象呢。這些山林是原始森林，毒蛇猛獸很多，大家不要落單掉隊。」

周近人有些猶豫地停下了話頭，看了看前面的黑月兒和烏老三，努了一下嘴道：「還有就是，苗寨裏特別乾淨的人家，千萬不能進去，那些都是養蠱的人家，進去要倒楣的。夜晚行路，遇到喜神過道，也不能衝撞了。這兩件事情，二位嚮導會提醒大家的，我就不多說了。」

二子點了一根菸道：「快要中午了，大家都有點餓了，我看咱們就找個地方吃飯吧。」

「再往前走一段，翻過這個山頭，往獅子山上去的地方，有個梯子岩，都是白花花的梯子石頭板，適合吃飯休息，咱們到那邊再休息吧。」黑月兒扭頭說道，「隊長大哥，你倒是說說，咱們這是要往哪裡走啊？」

「啊？」二子怔了一下問道：「不是已經把地圖給你們了麼？難道你們找不到地方嗎？」

「地圖倒是看了。」黑月兒說道，「但是那個數字咱們看不懂啊，你得說個確切的路才行，不然的話，咱們可保不準把你們帶到哪裡去。」

黑月兒嫵媚地看了二子一眼。

二子嚇得渾身一哆嗦，愣了半天才湊上前小心說道：「沿著冷水河往上走，在瀑布的後面。」

「噢。這麼一說，我就明白了，放心吧，這路我熟，保準不會把大家帶錯路的。」

這時，一直牽著繩子悶頭走路的烏老三轉身對我們說道：「到冷水河的路倒不是很長，只是地形有些複雜，要小心一點。」

「哼，幹嘛非得沿著這邊走？」黑月兒撇嘴道，「從下游渡到對岸去，走起來不是更方便嗎？那邊地勢還平坦，而且一溜都是竹林，好走得多。」

烏老三忽然身子一震，抬眼看了黑月兒一眼：

「還是不要過對岸了吧，到那邊就越界了。」

「哼，什麼越界不越界的？我偏要走那邊！怎麼了？難道那山地是她家的不成？我還真就不信了！」黑月兒很氣憤地說。

烏老三愣了半天，才長嘆一口氣道：「好吧。」

天氣還算不錯，氣溫也很宜人。越往山裏走，道路越崎嶇，山勢像褶皺的豬皮一般起伏變幻，時而低窪有一個深溝，時而又如利劍一般拔地而起。

山石上盤曲林立著叫不出名字的遒勁老樹，巨大的樹冠遮天蔽日，剛剛過午，天色就已經有些陰翳了。樹林下方的山石上，長滿了層層疊疊濕漉漉的綠色植被，有的是細長交纏的藤蔓，有的是淒淒青青的蒿草，有些石頭上面覆蓋了厚實的苔蘚，苔蘚周圍花團錦簇。

我們還不時看到一些稀奇古怪的動物。走到一個小溪流邊時，每個人都被半尺長的螞蟥叮上了。那些螞蟥密密麻麻爬滿了溪邊的樹葉子，乍一看過去，讓人頭皮發麻。

蹚過小溪後，我們爬上一個山頭，揪掉了螞蟥，又下了谷底。

忽然，前面的樹林出現一大片斑駁的白光，大概是一處空地，大家不覺都加快了腳步趕去，果不其然，這裏的空間豁然開朗，是一處幾乎沒有草木的空曠地帶。

這裏的地貌非常奇特，岩石是半圓形凸起的大白石頭，有些石頭上還有黑乎乎的洞口，遠遠看去，就像死人的腦殼。

「哎呀，到了狗腦殼了，這個地方蛇很多，還得往前走一點啊。」黑月兒悠悠地說道，抬手指著狗腦殼石林後面蔥綠色山體上一條雪白的天梯一般的石頭路道：「那邊就是梯子岩，咱們去那邊休息。」

我們來到梯子岩下，只見岩石如同階梯一層層整齊地向上疊著，毛驢順利地牽了上去，一直到了山腰上一處平坦開闊的石頭平臺上，我們才停下吃東西。

二子問黑月兒：「我聽你們剛才的對話，冷水河的對面是不是有什麼問題啊？要是那邊真的不能走的話，我們就走這邊好了，就算道路難走一點也無所謂的。」

「隊長大人，你可是有槍的，可不能這麼膽小啊，到時候，要是有人對小妹不利，你可要挺身而出救我啊。」

黑月兒半真半假地往二子懷裏靠，嚇得二子臉色一白，連忙起身道：「我去方便一下。」說完就鑽到旁邊的樹林裏去了。

我也起身往旁邊的樹林裏走時，不經意間看到一隻紅嘴綠翅膀的大山雉從頭上的樹冠上飛了過去。我忍不住讚嘆道：「好漂亮的山雞！」

「什麼？」正在吃東西的烏老三突然很緊張地站了起來，抬頭四下看去。

「就是有一隻很好看的野雞飛過去了，怎麼了？」我有些疑惑地問道。

「哼，這片山頭的野雞都歸一個人管，他能不擔心嗎？」黑月兒接過話，不屑地看著烏老三道：「我就是看不慣你那窩囊樣子，一個大男人，為什麼就這麼窩囊呢？老二有你這樣的弟弟，真是倒了八輩子楣了！」

烏老三被黑月兒這麼一罵，默不作聲地蹲了下來，不說話，也不再四處看了。

見到烏老三的這個樣子，黑月兒更是氣得直跳腳，一邊指著烏老三，一邊哭罵道：「一罵你，你就這個樣子，你到底是不是男人？你到底有沒有一點骨氣?!你說，你這麼活著，還有什麼用？你怎麼不去死?!」

黑月兒突然變得這麼激動，我不知道該如何勸解他們，其他人也都是面面相覷，不知道發生了什麼事情。

「哎喲，這是怎麼了？怎麼好端端的就生氣了？」二子畢竟是隊長，不能不說話，只好硬著頭皮勸黑月兒：「大妹子，你看，沒什麼大不了的事情，消消氣吧，咱們還得趕路不是？」

「哼，你放心，我不會耽誤你們的行程的，我就怕某些人不敢過河，會耽誤你們的行程！」黑月兒冷笑地瞪著烏老三，抬腳就向上走去。

烏老三連忙起身牽上驢子，追了上去。

其他人追上他們之後，就聽到烏老三對黑月兒說道：

「要殺人很容易，我不是沒有骨氣，我也不是不心疼我兄弟。這個仇，隨便換一個人，我早就報了，但是，她不一樣，就算我死在她手裏，我也不會去找她報仇！」

「你，你……」黑月兒氣得渾身發抖，死掐著他的肩頭，哭問道：「那我到底算什麼？在你們心裏，到底是我重要，還是她重要？為什麼你們都這麼護著她?!你給我說清楚！」

「這個事情沒法說清楚，我現在能做到的，就是儘量保護你不被她傷害。」烏老三沙啞著嗓子，無奈地說。

「她要是出手對付我，你會對付她嗎？」黑月兒看著烏老三問道。

「我不會讓她傷害你的，但是我也不會對付她。」烏老三無力地說。

「啪，啪！」烏老三話音落下後，黑月兒甩手在他臉上連抽了兩記耳光，接著咬牙切齒地撕扯著他臉上的黑布，讓他的面容露了出來。

這時，我們終於看到了烏老三的真面目，所有人都是胸口一悶，差點沒一口吐了出來。我們只聽說趕屍人面貌通常很醜陋，卻沒想到烏老三會是如此猙獰恐怖的模樣。

確切地說，他根本就不像一個人。他的頭上長滿了膿包一般的血痂毒疤，比癩蛤蟆好不了多少，他的頭皮上只剩下幾撮雜亂的毛髮，突兀地立在毒疤中間。

最恐怖的是，他的臉上和脖子上的皮膚像黑炭一般，皮膚顯然受過灼燒，已經炭化了。他的嘴唇是裂開的，露出了血紅的嫩肉，說話的時候，牙床幾乎完全露了出來，如同骷髏一般讓人感覺驚悚。

「看看這個慫包吧，他的親哥哥被人毒死了，他自己也被人毒成了這個樣子，你們說說，一個男人遇到這樣的事情，會怎麼辦？」黑月兒冷笑著數落了起來，「一個男人，沒有一點志氣，沒有一點脾氣，沒有一點狠氣，不思報仇，還千方百計護著仇人，這還是人嗎？你真的不是人，你是菩薩，你是佛祖，你去死吧，去西天吧，不要留在世間折磨自己也折磨別人了！」黑月兒猛地一推烏老三。

烏老三自從被揭開黑布之後，就一直低垂著頭，一句話都沒有說。這會兒被黑月兒一推，順著臺階一滑，滾倒在地，幸好他手裏還攥著驢繩子，所以才沒有滾下去。

他掙扎著站起來，扭曲猙獰的臉上流下了兩行淚，接著默不作聲地蒙上黑布，轉身來到二子面前，將驢繩塞到二子手裏，「撲通」一聲跪下，沉聲道：「請幫我照顧家嫂，你的大恩大德，老三永世不忘！」說完，起身就向側面的樹林走去。

二子這才反應過來，張著嘴巴想叫他回來，卻聽到黑月兒跳著腳，對著樹林扯著嗓子大聲喊道：「滾吧，滾吧，滾得越遠越好，你給老娘記住了，你是懦夫，是苗家的恥辱，你走到哪裡都是孬種，孬種——」她罵得滿臉是淚。

二子硬著頭皮來到黑月兒身後，有些結巴地勸道：

「大妹子，到底發生了什麼事情？有話好好說嘛，有什麼事情說出來，大家也好商量啊。我覺得老三兄弟應該有難言之隱吧。」

黑月兒停下了喊叫，回身怔怔地看著二子，突然一下撲到二子的懷裏，驚天動地大哭起來：「嗚嗚嗚嗚——老天爺啊，我的命怎麼這麼慘啊，嗚嗚嗚嗚——」

黑月兒悲慟地哭著。

大家都有些惻然，不由得扭頭看向別處，二子被她哭得心酸，伸手輕拍她的背，安慰道：「大妹子，好啦，哭出來就好啦，到底什麼個情況，你不說的話，咱們也沒法幫你啊。」

「你真的要幫我？」黑月兒停下哭聲，一邊抹淚一邊看著二子問道。

「這得看情況，我的能力也有限啊，要是太大的事情，我可能還真幫不了。」

二子連忙有些緊張地把話往回掰。

「你肯定幫得了的。」黑月兒擦乾淚水，深吸一口氣，低頭思索了一下，悠悠地說：「我想要你幫我殺一個人。」

二子愣愣地問黑月兒：「那個人和你有仇嗎？是壞人嗎？」

「她是一個危害四方、陰險凶狠的毒婦，就住在冷水河對面的竹林裏。我的丈夫就是死在那個女人手裏，所以，我一定要殺了她報仇。隊長大哥，你是好人，你是大英雄，你要是願意幫我的話，一定可以的。」黑月兒拉著二子的手臂哀求道。

二子有些為難地皺起了眉頭，問道：「既然她毒死了你丈夫，為什麼公家的人不來抓她？」

「我們這個山頭與外界隔絕，在這裏殺了人，苗寨的長老會可以管，其他人根本就無法插手。」

「那長老會為什麼不處理她？」

「他們都怕她，當然不敢動她。不但不敢動她，還把河西的長青走廊劃給她，她可厲害著呢。」黑月兒看了看眾人，繼續說道：「你們以為我為什麼要給你們當嚮導？實話告訴你們吧，我對付不了那個毒婦，所以只能請高人來收拾她。請高人首先需要的就是錢，我賺錢，就是為了給我丈夫報仇！」

二子乾笑道：「既然你都計畫好了，為什麼現在又急於要殺掉那個人呢？」

「怪只怪現在正好路過這個毒婦的地頭，我如何能忍得了這口氣？我要立刻就看到她死掉！」黑月兒冷眼看著二子，「那個毒婦行蹤詭異，毒功高強，尋常人根本對付不了她，只有你能夠對付她。」

二子不覺一愣：「我，我有什麼本事對付她？」

「你有槍，她什麼招式都不怕，唯一怕的就是槍。我設法把她引出來，你幫我打死她，好不好？」

「啊？」二子張大嘴巴愣了半天才說：「可是，隨便殺人，是犯……犯法的啊？」

「這麼說，你是不願意幫我嘍？」黑月兒冷冷地問道。

二子嚇得全身一哆嗦，下意識地後退了一步，結巴地說：

「不，不是我不願意幫你，只是，這個，這個，我們還有任務在身，實在不好因為這件事情多生枝節，你也知道的，我們這次本來就不是正經路子，要是在中途惹事的話，可能，可能不太好。」

「哼，你不幫我，就不怕我把你們帶迷路嗎？就不怕我拿你們出氣嗎？」黑月兒冷笑道。

二子一時間沒了主意，其他人也都皺起眉頭，不知道該怎麼辦，只有趙天棟和吳良才冷笑著，神情非常暢快，非常樂意看到二子出醜。

見眾人都沒有來幫忙解圍的意思，二子只好把求助的眼神落到我的身上。我對他點了點頭，上前一步，對黑月兒說：

「黑月兒姐姐，殺人不過頭點地，那個女人毒死了你的丈夫，你要殺她報仇，是很正常的事情。但是，這個事情說到底，和我們沒有關係。別的事情，我們可以幫你，但是殺人的事，我們不能幫。一來，一旦鬧出人命，就會惹上麻煩；二來，既然是你自己的仇，你最好還是親自手刃仇敵。」

「哼，你小子倒是夠嘴利。」黑月兒冷冷地看著我，「也罷，既然如此，那我就自己動手，你們把槍給我，我去殺了她。」

二子有些擔憂地看了看我，下意識地摸了摸懷裏揣著的槍套。

「要給你槍也容易，但是，這槍是我們整個隊伍的，不是哪個人能夠做主的。」我皺眉道，「你想要槍，就得徵求大家的意見，如果大家都同意，這槍就給你。」

二子對我投來了感激的眼神，而我心裏則有些糾結，不知道自己這麼做是不是太冷血了。

黑月兒皺眉思索了一下，問二子道：

「隊長大哥，你願意把槍給我，讓我去報仇嗎？」

「啊，這個，我自己是願意，但是——」二子支吾道。

「好，你同意就行。」黑月兒又扭頭看著我問道：「小兄弟，你同意嗎？」

「我當然同意，不過——」我總覺得很不對勁，有些躊躇。

「既然你們兩個同意了，那麼——」黑月兒抬眼看了看其他人：「你們誰不同意？」

「我同意！」泰岳突然抬手出聲道，「我希望大家也同意。一個弱女子立志為夫報仇，我同意，也支持你，如果不是我們有任務在身不方便的話，我會去幫你的。」

「謝謝泰岳兄弟。」黑月兒對他報以感激的笑容，接著又看著其他人：「你們呢？」

「老頭子我沒什麼好說的，也同意。」張三公點頭道。

這樣一來，隊伍裏已經有一半以上的人同意了。

吳良才和趙天棟對望了一眼，一起點頭道：「匡扶正義乃是根本，我們自然也同意。」他們臉上的神色很虛偽，讓人看著有些好笑。

周近人是地質專家，還那麼轟轟烈烈地愛過一場，對這種癡情之事是很欽佩的，自然也表示同意了。

眾人不覺都望向了婁含，等待他的回答。

「我不同意。」婁含冷眉沉聲地說道。

「為什麼？」黑月兒有些不解。

「你們家老三一直不支持你報仇，這其中肯定有不為人知的原因。我覺得你和那個女人之間的仇怨，應該不是像你說的那麼簡單。首先，她為什麼要毒死你丈夫？這個問題你就沒有說清楚。在徹底弄清楚情況之前，我不同意把手槍交給你，不然的話，說不定會鑄成大錯。大家覺得對不對？」

眾人又都滿臉疑問地看向黑月兒。

這時候，我總算明白自己一直覺得不妥的地方在哪裡了，我為婁含的冷靜和縝密思維感到驚嘆。

這時，黑月兒的神情不太自然了，氣勢有些弱，她有些支吾地說：

「那些事情，是我們苗家寨子裏的仇怨，不能說給你們聽。但是，我丈夫確確實實是死在她手上的，我找她報仇是沒錯的。」

「這個事情要分兩面來看。」二子放鬆了心情，「要是那個女人無緣無故害死了你丈夫，你去找她報仇是可以理解的。但是，如果是你的丈夫做了對不起人家的事情，那他被害死，就沒有什麼話好說了。」

黑月兒突然神情激動地看著二子，冷喝道：「你給我閉嘴，我丈夫只愛我一個人，他絕對不會背叛我的！」

「這個你怎麼可以確定？」二子有些驚愕。

「我當然知道，因為那個女人是他的親姐姐！你這個混蛋，不要再侮辱我的丈夫，不然我先殺了你！」黑月兒怒視著二子，聲嘶力竭地喊道。

黑月兒不說還好，這麼一說之後，本來對她報仇的事沒有疑問的人都愕然了，非常疑惑地看向她。

黑月兒也有些沮喪地長嘆了一口氣，自知失言，沉聲道：「算了，既然你們不願意幫忙，這個事情就算了吧。我自己會想辦法的。」黑月兒轉身就往上走，「你們都趕緊跟上吧，早點完成任務，早點拿到錢。」

眾人面面相覷，接著一起跟了上去，卻沒有人再說話。

隊伍就這樣在沉悶的氣氛中翻過了獅子山，然後一路向山下走去，來到一條河的岸邊，這自然就是冷水河了。

我這時才明白為什麼這河叫做冷水河。這是一條處於深澗之中的河水，兩岸是高達十數丈的豎直岩壁，這條河流裏的水很難見到陽光，所以一直很冷。

兩岸的山勢地形不太一樣，我們所在的這半邊河岸上，山林茂密，地形極為複雜，而河對岸的山勢相對平坦，地形簡單了很多。

「長青走廊，竹葉蛇仙，好大的名頭。」黑月兒站在河岸邊的高崖上，迎著山風，冷冷地看著對岸一溜青蔥的竹林，眼神中充滿了怨毒的神情。

她自顧自地沿著河岸向下游走去，說道：

「從這裏向下走五六公里，就是軲轆苗寨。現在天色不早了，今晚先在那裏打尖，明早再趕路。苗寨有通到對面的吊橋。」

二子牽著驢，追到黑月兒身後，猶豫了半天，忍不住對她說道：

「大妹子，我看要不咱們還是不要走對岸那條路了，好不好？咱們先不要去惹她了，行麼？」

「怎麼，你怕了？你也是個懦夫？」黑月兒回頭冷眼看著二子。

「這個，不是怕，我只是不想節外生枝。咱們有更要緊的事情要辦，犯不著和她鬥法，強龍不壓地頭蛇不是？」

黑月兒冷聲道：「你沒得選，我說要走那邊，就得走那邊，不然的話，你們就自己在山裏摸吧，我不給你們帶路了。」

「嗨，大妹子，你這不是要脅我們嗎？」一直忍著性子的二子也來火氣了，提高了嗓門，瞪眼看著黑月兒道：「我說大妹子，你可不要打蛇隨棍上，越來越過分啊。咱們一直都在遷就你，你這麼做可就不對了。你以為我們真的就非要你帶路？」

「哼！」黑月兒不怒反笑：「不是我吹，這冷水河兩岸，除了那個毒婦之外，只要我放一句話，你信不信沒有人敢給你們帶路？」

「哎呀呀，大妹子，你這是非要把我們往死路上帶？」二子滿臉怒氣地看著黑月兒。

「是不是死路，我心裏有數，我既然是給你們帶路的，就不會往岔道上走，我們行走江湖，講究的是信義。」黑月兒說道。

「你那個仇家就在對面，怎麼不是岔道了？你這話是想騙鬼呢？不管怎麼說，那都是你自己的仇怨，和咱們沒有屁點關係，咱們為什麼要跟著你一起去蹚這渾水？你這不是臨死還要拖幾個當墊背的嗎？你別以為我不知道你的心思，你就是想把我們哄過去，然後讓我們騎虎難下，不得不幫你，是不是？我還實話告訴你，你的事，我們還真不想幫了。你們有再大的仇怨，是你們自己的事情，和我們無關！」二子被黑月兒氣得夠嗆。

黑月兒的臉色越來越陰沉，突然一抬手，中指一彈，將一個很細小的小黑球彈向二子。

二子自然知道她是下手使壞了，驚得全身一哆嗦，也不管身上有沒有中蠱，一下子就從懷裏掏出了手槍，指著黑月兒的腦門說：

「你最好給老子老實點，趕緊把你那狗屁蟲子收回去，不然的話，老子先一槍崩了你，給臉不要臉，你以為你真的有什麼能耐？老子一直遷就你，你倒是越來越長氣勢了！」二子本來就不是善類，現在徹底爆發了。

眾人見到這個架勢，不覺都有些緊張。

「哼，隊長好厲害啊。」只有吳良才和趙天棟格外開心，立刻一唱一和起來：「就是啊，對付一個弱女子，嘖嘖，真是威風啊。」吳良才瞇眼低聲奸笑道。

「你們給老子閉嘴！」二子正在暴怒的邊緣，哪裡能容忍這些廢話？他轉身一槍打到吳良才身旁的樹幹上，崩開了一大片木屑碎花。

吳良才和趙天棟顯然沒想到二子會這麼做，立刻驚得臉色煞白，噤聲垂首，向後退著不停擺手道：「隊長，別生氣，我們錯了。」

「都給老子聽著，現在誰也別惹老子，不然老子直接崩了他，扔到河裏餵魚！」二子掃視眾人，放完狠話，這才轉身問黑月兒道：「說，你剛才在我身上放了什麼東西？你給老子說清楚，不然別怪我發狠！」

「哈哈哈——」黑月兒仰頭一陣大笑，瞇眼看著二子說：「隊長大哥，原來你也有脾氣，怎麼就那麼怕那個毒婦呢？你說你寧願把子彈浪費掉，怎麼也不願意幫幫小妹呢？」

二子說：「你說，你到底給我下了什麼玩意兒，你幫我解掉。還有，你得原原本本把情況給我說清楚，我看能不能幫你，不然的話，我張二山就算是自己死了，也不會去殺人，特別是女人！」

「好，那就說定了。」黑月兒上來拉著二子的手臂，「你看清楚，這就是我剛才彈到你身上的東西。」

二子有些疑惑地用手撥弄了一下，滿臉漲紅地將那東西彈到地上：

「這是，鼻屎？」

「不錯，就是因為我鄙視你，所以才給你這個東西的。你放心吧，我的蠱毒可不是隨便放的，你想要讓我毒你，我還不樂意浪費呢。」黑月兒不屑地說。

二子半天才緩過勁來，對大家揮手道：「他娘的，出發了，還愣著做什麼？」

二子回身對黑月兒訕笑道：「大妹子，請上毛驢坐吧，我給你牽著，你指路就行。」

「嘻嘻，這還差不多。」黑月兒的心情似乎好了很多，她坐在驢背上唱起了苗族山歌，很好聽。許多鳥兒被她的歌聲驚起，撲啦啦地飛起來了。

「大妹子，你的嗓子真是好啊。你能不能講講你丈夫和那個女人之間的恩怨到底是怎麼回事？」二子問道。

黑月兒瞇著眼，淡淡地說：

「我嫁到烏家剛一年，他們家族的很多事情，我也是一知半解。烏家是這片山頭上很有勢力的大家族。苗寨之中，養蠱和趕屍是兩大絕技奇活，一般家族很難兩者兼顧，只有烏家，兩門絕技都是拿手好戲。他們這一代，一共有三個姊弟，烏大姐、烏老二、烏老三。那個女人就是烏家的長女。」

黑月兒的一縷頭髮被山風吹起，顯得悲戚落寞。

這個家族一直有一個傳統，若是有兩個兒子，就由老大學習蠱毒，老二學習趕屍，各守其道，傳承絕活。如果有女孩的話，則要養蠱和趕屍兼學，因為在這裏的苗寨，女孩的地位比男孩高。烏大姐是長女，自然是備受關注，得到悉心的培養。

烏大姐十歲的時候，已經是苗寨中數一數二的蠱毒高手，攝魂操屍的能力也很高強。但是到了她十五歲的時候，不知道為什麼，這個女孩突然殺死了自己的父母，甚至揚言要殺光烏家所有人。最後，苗寨裏數位長老合力才將她鬥敗，保全了烏家的血脈，但是，烏家從此衰落了。烏大姐出走冷水西岸，住在長青走廊，將那裏占為自己的地盤，任何人未經她的允許不准靠近，否則不是被打一頓就是被毒殺。烏大姐一直仇恨烏家，發誓只要烏家的人進入長青走廊，一概格殺勿論。

趕屍的人也不都是醜陋不堪的漢子，烏老二和烏老三就都是英俊魁梧的青年。

烏老二在趕屍的途中結識了黑月兒，和她結為夫妻，誰知結婚不到一年，就因為趕屍路過長青走廊，中了烏大姐的蠱毒而死。

「他的道號叫冷水先生，他平時不笑，卻是外冷內熱。我們結婚之後，生活非常幸福。那一次，他出門一個多月都沒有回來。後來老三出去找他，卻只帶回了他的屍身。」黑月兒臉上流下了兩行清淚。

此時，我看到大家神色各異，我的心裏也是充滿同情和疑惑，不由得問道：

「月兒姐姐，你的遭遇讓我感到非常同情，但是，那個烏大姐到底遭遇了什麼事情，才會這麼仇恨自己的家族？」

「我當然查過，但是根本就查不出來。唯一知情的人，只有老三和毒女自己了。老三打死也不肯說，他說那是他們家族最大的秘密。那個毒女看起來精神很正常，不像是發了瘋。但是，不管是什麼原因，我的丈夫都是無辜的，所以，這個仇，我一定要報！」黑月兒緊攥起拳頭。

「我一定會幫你的！」二子忽然說道，「你帶我去找那個毒婦，我倒要問問她為什麼要這麼做，簡直就不是人！」

「謝謝你，隊長大哥。」黑月兒很感動，又流下了淚水。

第五十五章

趕屍客棧

「哎喲，小兄弟你果然厲害，隔這麼遠就察覺到了，
實話告訴你吧，我們這是要去趕屍客棧。
那裏是用來停屍的，你說陰氣會不重嗎？」
黑月兒瞇眼笑了起來，大家都有些驚愕，一起圍了上來。

這時，隊伍已經拉得有些長了，周近人和婁含落在了最後。距離有些遠，再加上有山霧，婁含的身影看著有些模糊。我看著他那模糊的身影，似曾相識的熟悉感更強烈了，但還是想不起來到底在哪裡見過。

「大家都跟上，天色不早了，山裏霧大，野獸多，可別走散了。」二子對大家招呼道。

我們正好趕在太陽落山的時候，到達了黑月兒說的那個軲轆苗寨。

苗寨裏有幾十戶人家，寨子依山而建，一色是竹子搭建的吊腳樓。寨子前頭有一口清冽的水井，大家都到這裏來打水，軲轆聲一天到晚響個不停，所以就叫軲轆寨了。

軲轆寨子裏的人都認識黑月兒，而且大家都知道她練蠱毒，所以對她都有些敬畏。軲轆寨裏沒有長老，只有一位知老，算是村長級別的人物，但是由於年事已高，基本不管什麼事情。

天色已經黑了，寨子裏亮起了一些火光，在夜風中搖曳得很淒涼。山林如同巨大的猛獸，臥伏在大地之上，不時發出淒厲的怪聲。我們準備進寨子的時候，被寨子入口處的山坳裏上夜的人攔住了。

「什麼人？」在火把的光芒下，一個濃眉大眼、身板厚實的苗族青年對我們喊道。

「你好啊，我們是考古隊的，路過這裏，不知道能不能在村子裏借宿一晚。」二子很熱情地說著。

苗家青年走近了一些，見到我們人數不少，有些犯難地皺眉道：「你們人太多了，寨子裏住不下。」

二子說道：「要不，你帶我們進村吧，找一塊空地就行，我們自己帶了帳篷。」

「這個，我不好做主。最近這一帶不太平，剛來過好幾撥人，我們好心接他們進寨子紮營，結果把我們寨子裏供著的神像都偷走了。現在我們不讓外人進寨子。對不住了，你們換個地方吧。」

「唉，這大半夜的，你讓我們換到哪裡去呀？」二子為難道。

「這個就和我們無關了。」

「我說小夥子，我們就是借宿一宿，不會白占你們地方的。」二子掏出了一遝鈔票，對著苗家青年晃了晃。

「哼，錢我們不需要。」苗族青年毫不動心，滿臉不屑地說。

黑月兒從後面走了上來，輕拉了一下二子的手臂道：「隊長大哥，讓我來說吧。」

黑月兒搖搖擺擺地向著苗族青年走了過去，用苗語說了一句話。苗族青年臉上有些變色，神情變得緊張，他有些為難地指了指西面山頭，對黑月兒說了幾句話。

黑月兒冷笑了一聲，沒再說話，轉身對我們揮手道：「咱們不進寨子了，西山頭有一家空著的客棧，我們今晚去那邊過夜。那邊有個老苗子守著，還算安全。」

我隨著隊伍向前走去，抬頭看去，只見那是一座微微隆起的山包，山上樹林茂密。我們沿著小道七拐八扭地爬上山頭，林中居然有一條平實寬敞的土路。土路的地面白白的，那是長年累月被人踩出來的。

夜晚山風清涼，霧氣很重，露水早已打濕了我們的褲腿。隊伍裏只亮了一把手電筒，由二子拿著，其他人都跟在他身後。

沿著土路只走一會兒，我眼角突然一晃，看到前方的樹林裏充斥著濃重的黑氣，似乎還有很多晃蕩的人影，連忙將二子和黑月兒叫住了。

「怎麼啦，小兄弟？」

「前頭的氣息不對，陰氣很重，你到底要帶我們去什麼地方？」我疑惑地看著黑月兒。

「哎喲，小兄弟你果然厲害，隔這麼遠就察覺到了，實話告訴你吧，我們這是要去趕屍客棧。那裏是用來停屍的，你說陰氣會不重嗎？」黑月兒瞇眼笑了起來。

大家都有些驚愕，一起圍了上來。

「喂，我說，大妹子，你怎麼能帶我們去那種地方呢？趕屍客棧是只收死人，不留活人的，你讓我們到那裏去住，是什麼意思？把我們當死人啊？」吳良才和趙天棟吹鬍子瞪眼地質問黑月兒。

「對啊，我老人家一把年紀了，這種陰地還真沒去過，你可不要亂來啊，咱們可是無冤無仇的。」張三公說道。

二子也憋不住心裏的疑惑，問道：「大妹子，這到底是怎麼回事？」

「嘻嘻，大家不要著急。」黑月兒掩嘴輕笑，「大家放心，我既然敢把大家往那裏帶，就能確保不會出事。其實那裏也沒什麼特別的，就是一座普通房子，可以住人的。我小時候經常在這種地方住宿呢，也從來沒出過什麼事情。如果大家真的不樂意的話，那就只能在樹林裏搭帳篷露營了。不過，這山林到了晚上，什麼野獸都有，特別是那些山狼，要是被牠們盯上了，可能會好幾十頭一起衝上來。」

眾人心裏又矛盾又無奈，最後大家都嘆著氣接受了。

黑月兒笑著看我，又看了看吳良才和趙天棟，說道：「再說了，咱們不是還有三位高人嗎？兩位道長，還有小兄弟，有你們在，咱們還用怕那些東西嗎？」

我悄悄地抽出了打鬼棒，瞇眼警惕地掃視著四周。吳良才和趙天棟也都掏出了桃木劍，還捏著紙符，念了一句咒語，貼到了額頭上。他們也像我一樣察看之後，面色大驚，吳良才低聲說道：「好重的陰氣，這地方確實邪乎。」

這時，一個濃重的黑影突然闖進了我的視線，我差一點兒叫出聲來。那個黑影停了下來，躲在一棵樹後，伸頭向我們這邊看著。我分明看到黑影的臉上有一對又大又黑的眼窩。

「壞了！」我心裏一驚，知道這種已經化為實體的東西，如果不是怨氣極重，那就是道行高深的陰人，一旦衝撞上，絕對要倒大楣。

我連忙想提醒大家，心裏卻一動，因為我發現了一個奇怪的現象。我現在雖然直起身，睜大了眼睛，居然還可以看到那個黑影，而如果那個東西不是活人的話，我這樣應該是看不到它的。

我於是多看了那個黑影兩眼，忽然明白了，就對那個黑影微微點了點頭，然後裝作什麼事情都沒有發生一樣，繼續走路。那個黑影也微微點頭回應了我，然後一閃身就消失不見了。

「這裏的情況到底怎麼樣？有沒有搞不定的髒東西？」二子滿臉凝重地問我。

「還行，就是陰氣有些重，不過，如果只待一個晚上，應該沒什麼問題。」

這時，趙天棟和吳良才揭掉了額頭的紙符，收起了桃木劍，一唱一和道：「陰氣雖然重，好在沒有聚團，還算好辦，就是不知道客棧裏面怎麼樣啊。」

我沒有理會這兩個傢伙的廢話，兀自走路。我們走了一里地，就出了樹林。月光照下來，有一種豁然開朗的感覺。面前是一條山上斜通下來的石路，兩邊是及膝的荒草。

在山腳下有一株粗大遒勁的老槐樹，樹下是一座沒有院門的茅草頂木板架子的房子。

山霧迷濛，在手電筒的昏黃燈光下，房子的門口如同一隻巨大的怪嘴，空洞洞地張著，有一種陰森的感覺。我們都站在林子邊上，愣了半天沒敢過去。

「深山鬼屋啊，真夠刺激。」二子先開口了，他咽了咽唾沫，拉著我的手說：「快看看情況。」

我彎腰瞇眼，赫然看到老屋上籠罩著一層濃重黑氣，老屋的門口靠牆站著一溜黑色人影，看得不是很清晰，卻也大概可以看出是披頭散髮、血流滿面的情狀。

我皺了皺眉，直起身道：「不好進去，牆根站了很多影子。」

「不會是你說的那種壁牆鬼吧？」二子問道。

我搖頭道：「不太清楚，這種情況我沒有遇到過。」

「那怎麼辦？」二子有些緊張地舔舔嘴唇，有些尷尬地扭頭看了看趙天棟和吳良才，向他們投去求助的眼神。

趙天棟和吳良才的神氣勁就別提了。

「不要看我們，咱們是沒本事的牛鼻子，還是讓你的高人去收拾他們吧。」吳良才撇嘴說道。

「嘿嘿。」二子先是尷尬地訕笑了一下，接著突然掏出了手槍，指著吳良才瞪眼道：「你他娘的剛才說什麼？」

「你，你想幹什麼?!」吳良才沒想到二子剛裝完孫子就突然翻臉，嚇得一個趔趄，本能地掏出桃木劍橫在胸前，滿臉驚駭地看著二子。

「不幹什麼，你們兩個先過去。這是我交給你們的任務！」二子對他們晃了晃手槍。

趙天棟和吳良才已經知道了二子的脾氣，不敢說話，只好怏怏地握著桃木劍一起來到門口，掏出紙符，念叨了幾句咒語，將紙符點燃丟出去，又揮舞著桃木劍衝到老屋子牆壁前一頓揮舞劈砍。

我瞇眼看著他們，發現他們果然把牆壁上的黑影都打散了，老屋子上方的黑氣也清除了很多，禁不住在心裏暗暗嘆服他們的道法，對他們的看法改觀了不少。

「搞定了，消耗了道爺這麼多法力。你別以為你那把槍就可以威脅道爺，道爺是方外之人，不怕你們！」清除了陰氣，吳良才和趙天棟有點居功自傲的感覺，說話也硬氣了很多。

二子收起手槍，對他們一拱手道：「謝了！」接著他一揮手：「大夥兒進去吧，大妹子，你和張醫生、周教授、婁教授負責燒水做飯，泰岳兄弟、方曉兄弟和我卸貨打掃房間，再餵這四頭牲口。」

二子又對趙天棟和吳良才說：「有勞二位繼續負責警衛工作，大夥兒忙活的時候，你們就在四處查看情況，別出什麼岔子了。」

「這個好說。」趙天棟和吳良才爽快地答應了，背著桃木劍，左右分散巡邏去了。

這時，老屋裏突然亮起了一抹昏黃的燈光，一個瘦小佝僂的白色人影提著一盞馬燈出現在門口。大夥兒都嚇了一跳。

這是一位駝背老苗子，他的頭上纏著白布纏頭，身體乾瘦得像一隻大蝦，身上穿著拖地的灰白長袍，一手拄著拐杖，一手提著馬燈。

老苗子抬起馬燈打量著我們，沙啞著嗓子說了一句苗語。

黑月兒回答了一句，又指了指我們。老苗子點了點頭，接著用口音很重的普通話對我們說：「今夜說不定有喜神過道，最好別進。」

我們不由得一起望向黑月兒。黑月兒從腰裏掏出了一個小木牌，遞給老苗子。老苗子接過木牌一看，登時變了臉色，忙不迭把木牌遞還給黑月兒，拱手連說了幾句話。

黑月兒面帶微笑等老苗子說完，從兜裏掏出一遝鈔票塞到老苗子手裏。老苗子接過錢，滿眼感謝地看了看黑月兒，就提著馬燈進屋了。

黑月兒回頭招招手道：「行了，大家都幹活吧，沒事了。」

屋子前堂是一溜三間連通的木板草房，後面別有洞天，有一個不小的天井院子，裏面有一口水井，靠牆有兩株老槐樹。後面有一排三間分開的木板房。

老苗子是店掌櫃，這會兒已經在後堂靠邊那間屋子裏休息了，其餘兩個房間門開著，看來是給我們用的。

大家圍桌坐下來吃飯，心情好了很多，一路上那種排斥隔閡感悄然消失了，忽然有了一種同甘共苦的緊密聯結。二子拿出了好酒，請大家一起喝。

我只陪了一杯就悶頭吃飯了。黑月兒也沒喝酒，但是興致很高。一頓飯下來，大家的關係變得融洽了，氣氛很好。

酒足飯飽之後，大夥兒馬上就休息了。黑月兒自然是獨佔一個房間，周近人、婁含和張三公的身體較弱，在後堂屋的另一個房間，其他人則在前面堂屋打地鋪。趕了一天路，大夥兒都累極了，很快就都睡死過去了。

二子喝了酒，居然沒有安排人輪班站崗，這讓我有些擔憂。雖然躺下來了，我卻遲遲沒敢睡覺，一直豎著耳朵聽著外面的動靜。

我躺在靠門的位置，聽著山風吹過草尖的簌簌細響，毛驢咀嚼青草、挪騰蹄子的聲音，身旁人的鼾聲。一股濃濃的睏意襲來，我也準備睡了，卻不想一側身，看到一個黑色人影就站在身旁！

我心裏一驚，一下子嚇得睡意全無，猛地坐起身來，下意識地從腰間抽出了陰魂尺！

「就你還沒睡著，看來你的警惕性還不錯。」那個黑影悠悠地說。

我這才認出他是泰岳，鬆了一口氣，抹抹額頭的冷汗問道：

「你怎麼還不睡？」

「沒人守夜，我不太放心。」泰岳默默地看著山林，良久才對我說：「他們都累了，而且喝了酒，這會兒叫醒他們是不可能了。今晚就你和我輪班守夜吧。我守上半夜，下半夜換你，怎麼樣？」

「嗯，好，我也正為這個事情擔心呢。」我很是贊同。

「那我先出去了，你睡吧。」泰岳摸出菸盒，點了一根菸，出去了。

我這才敢放心倒頭睡覺，一覺睡得相當甜沉。

沉睡中，我忽然覺得全身一冷，先是迷迷糊糊，接著整個人一下就坐了起來。我索性打著哈欠向外走。

可是，當我走到門外的時候，卻只見山霧迷濛，不見泰岳的身影。

「泰岳？」我低聲叫道，回屋拿了一支手電筒照亮，再次出門找他。

拴在老槐樹下的四頭驢子都在打盹，四周看來也沒有異常情況。我心裏隱隱感到情況不對，擔心泰岳出了事，於是想進屋子把其他人叫醒，讓他們一起幫忙找泰岳。

這時，我的眼角一動，看到兩個白乎乎的人影出現在山上斜通下來的小道上。我心裏一動，向前走了幾步，用手電筒向那兩個人影照過去。

突然，一個黑影從側面的草叢裏衝了出來，一把捂住了我的手電筒，猛地把我向路邊的草叢拉過去。

「別出聲，喜神過道，不能衝撞！」我的耳邊傳來泰岳低沉的聲音。我這才放鬆下來，連忙關了手電筒，低聲問道：「你幹什麼去了？怎麼一直找不到你？」

「人有三急，別說話，注意看。」泰岳輕輕扒開草叢向外看。

我這才發現，剛才還在山道上的兩個白乎乎的人影，這時已經走到離我們不遠的土路上了。走在前頭的，是一個身穿灰白長袍、如同烏老三一樣蒙著臉、一手捏著紙符一手搖著鈴鐺的人。那個人沙啞著聲音喊道：

「喜神過道，關門閉戶，天高地寬，各走一邊——」

那個人身後，居然是一個一身白衣的女人，一頭烏油油的長髮，有些機械地搖曳著身體，一步一跳地走著。女人臉上貼著一張紙符，在夜風裏不時飄動，發出「嘩嘩」的聲響。

見到他們這個樣子，我猜到這應該就是苗寨的趕屍了。那個走在前面的想必就是趕屍匠，而他背後走著的那個女人，就是所趕的屍體。

這個女屍身材窈窕勻稱，感覺年紀不大，應該只有十六七歲。我還是第一次親眼見到趕屍這個活計，我以前一直以為所趕的屍體是如同殭屍一般的。

這時，趕屍匠和女屍已經朝著我們住宿的屋子走來。我們現在住的老屋，本來就是趕屍客棧，趕屍匠不往這邊走才叫奇怪。趕屍匠走到老槐樹下後，果然感到訝異，站住了。

趕屍匠從懷裏取出了一個竹管哨子，用力吹了起來，立刻發出了一陣尖銳如同夜梟一般的聲響，分外刺耳。然後趕屍匠雙手叉腰，在老槐樹下悶聲悶氣地來回走著。

不一會兒，屋裏亮起了燈光，黑月兒和老苗子一起走了出來。

「老嘎，這怎麼回事？你怎麼越老越糊塗了？壞我們的規矩?!」趕屍匠對老苗子氣憤地說。

「哎喲，可不能亂說話呀，我老嘎就是有再大的膽子也不敢亂規矩的，這裏面的人，都是這位姑娘的朋友，我不敢不接待啊。」老苗子又擺擺手對黑月兒說：「接下來的事情，你們談吧，哎喲，我這老毛病又犯啦，我先歇著去了。」

老苗子佝僂著腰，提著馬燈進屋了。

黑月兒和趕屍匠對望了一眼，都沒有說話。黑月兒背光站著，身影顯得黑暗而壓抑。趕屍匠和他身後的女屍則面朝光亮站著，反而顯得明快許多。

我和泰岳緊張地看著他們，擔心惹怒了人家，搞不好動起手來，說不定要吃大虧。我習慣性地瞇眼朝趕屍匠和女屍看去，卻發現那個女屍身上居然一點陰氣都沒有，相反，趕屍匠身上卻裹纏著極為濃重的黑氣。這種狀況非常怪異，就好像趕屍匠才是屍體，而女屍才是趕屍匠。

我只好安慰自己，可能是趕屍匠法力高強，把女屍的三魂七魄完全震懾住了，封印在她體內的緣故，而趕屍匠之所以陰氣纏身，可能是趕屍的時間長了，沾染了屍氣。

這時，屋門裏探出了幾個人頭。我知道二子他們被驚醒了，心裏更加擔憂起來，怕他們不懂規矩，貿然走出來，衝撞了喜神。慶幸的是，他們都沒有走出屋子，也沒有說話。

黑月兒和趕屍匠冷冷地對望了老半天，各自後退了半步，互相微微拱了拱手。

「先生從哪裡來？」黑月兒問道。

「山上來。」趕屍匠沙啞著聲音回答，「娘娘可有腰牌借來一看？」

「可以。」黑月兒掏出小木牌遞給趕屍匠。

趕屍匠接過小木牌看了看，又遞還給黑月兒，不屑地冷笑道：

「我當是哪位姑娘呢，原來是冷水烏家，哼哼，這個牌子要是放在二十年前，興許還有些用，現在嘛，我看還不如沒有。」

黑月兒面色陰冷，說道：「先生以為如何？」

「壞我趕屍門的規矩，本該讓你們都嘗嘗噬魂碎骨的滋味，但是現在我沒空和你們計較，你們只要趕緊讓出這間客棧，滾遠一點就行了。要不然，可別怪我不客氣。」趕屍匠冷聲說道。

黑月兒冷哼一聲，一翻手向趕屍匠亮出了一個東西。趕屍匠一見到那個東西，身子微微一震，低聲道：「沒想到你居然練成了——」

「哼，現在我還要滾遠一點嗎？」黑月兒縮手收回了東西。

「好，你們想怎麼樣隨便吧，只要你們不妨礙我的生意，我就不管你們了。」

趕屍匠似乎非常懼怕，做出了讓步。

「這個好說，我的房間給你們，你跟我來。」黑月兒轉身進屋，說道：「都避開點，衝撞了喜神是自己找死，可不要怨別人。」

屋子裏立刻傳來呼啦啦的響動，想必是二子他們正在收拾東西避開。趕屍匠重新搖起了鈴鐺，念著咒語，領著女屍進屋了。我和泰岳這才從草叢裏走了出來。

這時，二子等人有些慌張地從屋子裏出來。

二子嘟囔道：「娘的，怎麼這麼不巧？我們才來住一晚上，就遇到趕屍的了，你們說這客棧是不是每天夜裏都有這玩意兒經過？」

其他人也都有些擔憂地伸頭向屋子張望。

我走上前一看，見到趕屍匠站在屋子中央，一手捏符，一手搖著鈴鐺，對著女屍厲聲道：「畜生，過去站好！」趕屍匠搓指朝向屋子靠在牆上的門板，女屍便轉身機械地走過去，背靠著門板站住不動了。

「好了，你們隨意吧，我去休息了！」趕屍匠將女屍安置好之後，背手就朝後堂屋走去。

黑月兒皺眉看了看女屍，緩步走出屋子，有些猶豫地看著大夥兒。大夥兒也心有餘悸地看著黑月兒，誰都沒敢說話。

二子給大家發菸，又問我和泰岳剛才幹嘛去了。泰岳沒回答，他接過菸點著，走到樹下坐下來，緊皺眉頭，一臉猶豫，似乎有什麼事情想不通。

我只好對二子說：「你們喝了酒，都睡死了，也沒人值班，是泰岳守的夜。我是剛好醒了，想去換他休息的，正好就看到了那個喜神。」

「哦，這是我的疏忽，奶奶的，得謝謝你們。」二子很爽快地承認了自己的錯誤，又有些疑惑地扯扯我，低聲問道：「他怎麼了？遇到什麼事情了？」

我和二子走到泰岳身邊，問道：「你在想什麼？」

「哦，沒有。」泰岳怔了一下之後，抬頭看著我問道：「你剛才發現什麼異常了沒有？」

我點點頭答道：「嗯，情況很怪異，那個女屍沒什麼陰氣，反而是趕屍匠陰氣纏身。」

泰岳站了起來，皺眉向屋子看去：「我預感這個趕屍匠來頭不正，咱們最好不要和他接觸，現在就離開這裏，不然的話，說不定會出事。」

大家都有些好奇，禁不住一起問道：「有什麼問題嗎？」

「具體的我也說不清楚，只是憑直覺覺得事情不對頭。」泰岳深吸了一口菸，「你們不要不相信，我的直覺是非常準的。我在戰場上，好幾次就是靠直覺才躲過劫難的。那個趕屍匠讓我感到不安，他肯定有問題，這裏是人家的地盤，強龍不壓地頭蛇。」

大夥兒互相看了看，一起望向站在門口的黑月兒。

「有啥子大不了的啊，不就是個死屍嗎？你們怕什麼？難不成會吃了你們？」黑月兒皺眉道，「天色還早呢，都進來再睡一覺，天亮再走吧。現在三更半夜的，摸黑鑽山子？我倒是覺得，黑山林比這女屍更嚇人，你們說是不是？」

大夥兒都點了點頭，二子拍了拍泰岳的肩膀道：

「好啦，兄弟，不要疑神疑鬼了，咱們這隊伍可不是吃素的。大家都進去睡覺吧，特別是你，好好補補覺吧。我守下半夜，你們都去睡吧。」

可是，現在屋裏靠牆站著一個女屍，大夥兒哪裡還敢進去？二子攤了半天，都沒人敢進屋。二子有些無奈地摸了摸後腦勺，嘆氣道：「看來你們都不想睡覺啊，那好吧，大夥兒一起上夜吧，都別睡了。」二子轉身給毛驢添草去了，也不管我們了。

大家面面相覷，一時間也不知道該怎麼辦。

「沒事的，都進來吧，我的房間也被那人占了，我也在這屋裏陪你們打地鋪。有我在呢，保險不會出事的。」黑月兒揮手對二子說：「隊長大哥，小妹借你的地鋪睡一覺可以吧？」

「嘿嘿，當然可以啦，大妹子要上我的床，那是我的榮幸啊。」二子瞇眼嬉笑道。

黑月兒嗔了二子一眼，嬌聲道：「你再占我便宜，小心我真把你毒死。」

「啊哈，大妹子你可別生氣。」二子連忙鞠躬討饒。

兩人這麼一調笑，大夥兒心情放鬆了很多，氣氛和緩了一些。

黑月兒率先進了屋子。

見黑月兒一個女人都不害怕，餘下的人也不好再遲疑了，趙天棟和吳良才跟了進去，嘟囔道：「道爺我走南闖北，什麼大風大浪沒見過？會怕這個？」

大家陸續走進屋後，外面只剩下我和泰岳了。

泰岳才抽完一根菸，他丟掉菸屁股，搓了搓手，抬腳就走進去。我見他居然也不憂心了，於是也跟了上去。

趙天棟和吳良才正看著那個女屍。「師兄，你說這女屍他幹嘛不帶到房間裏去，非得停在這兒？」吳良才有些疑惑地問趙天棟。

「這個我也不清楚，大概是想要嚇唬我們，故意這麼幹的吧。」趙天棟捏捏鬍子說道。

「道長你們可說岔啦，這停屍的方法，是他們趕屍的規矩。屍體進店後，都是停在門板後面的。」黑月兒說道。

「噢，原來是這樣啊。」趙天棟咂嘴道，「咱們睡咱們的，它要是敢做怪，道爺我第一個滅了它。」

「嘿嘿，就是啊，道長法力那麼高強，根本就不用怕的嘛。」黑月兒對我招手道：「小兄弟，來來，睡姐姐旁邊來，給姐姐講個故事。」

我訕笑了一下，走到她旁邊坐下，對她說道：「姐姐，你還是先休息吧，故事改天再講吧。」

黑月兒點了點頭，拉著被子躺下來，抬頭見泰岳還站在那裏瞪著女屍，不禁哧笑了一下，說道：「大哥，別看啦，趕緊睡啦，明早還趕路呢。」

燈熄了，屋子裏立刻陷入一片黑暗。我躺在黑月兒旁邊，又緊挨著女屍，總感覺女屍正在低頭看著我，一時間沒能入睡。

「哎呀，你們辛苦了，都多吃點，明天還指望你們馱東西呢。」二子在外面侍弄牲口的聲音傳了進來。我聽著他的聲音，心裏感到一絲安慰，迷迷糊糊地睡著了。

可是，在夢中，我感到一直被凝視著，突然全身一震，從睡夢中醒來。清醒後，我抬眼一看，見天色已經濛濛亮了，才鬆了一口氣。

我接著又去看那個女屍，嚇得全身寒毛一下子都豎了起來，只見女屍臉上貼著的那張紙符居然不見了，女屍此時正瞪眼冷冷地看著我。而當我看清楚女屍的樣子後，才感到放鬆了一些。

這個女屍看上去大約十七八歲，身穿苗家夾襖和白色長裙，腳上穿著一雙白色繡花布鞋。她的皮膚白皙，眉清目秀，眼睛很大，鼻梁挺直，小嘴微微抿著，還有點血色，活生生一個苗家少女的姣好模樣，哪裡像一具女屍？

我不禁有些恍惚。我緩緩起身，站在她面前仔細看著，越看越覺得她是活人，甚至想伸手去摸她。一聲厲喝突然在我身後響了起來。

第五十六章

顛倒金銀花

要想解這種毒，可以先從解除噴火蟲的毒性入手，
那是一種非常罕見和奇特的草藥——顛倒金銀花。
顛倒金銀花花苞剛開放的時候是金黃色的，開敗之後變成銀白色。
花瓣的藥性也產生了陰陽顛倒的效果。

「你要幹什麼?!還不快住手！」

我驚得全身一震，連忙從女屍身邊跳開，回身一看，只見趕屍匠正在冷眼看著我。

「對不起，我，我只是好奇。」我知道我的行為有些觸犯他們了，連忙解釋道。

「哼，我就知道你們會壞事，幸虧我多留了一個心眼，出來看了一下！」趕屍匠彎腰從地上將一張紙符撿了起來，再次貼到了女屍臉上。

「發生了什麼事情？」屋裏睡著的人都被驚醒了，一骨碌爬起來，一副如臨大敵的架勢。

燈光亮起來之後，大家都皺眉疑惑地看著我們。

「沒什麼事，我發現她臉上的紙符掉了，想幫他找找。」我見大夥兒都很擔心，連忙解釋道。

「哼，要是我晚來一步，你已經把陽氣度給她了，到時候，你怎麼死的都不知道！」趕屍匠冷哼了一聲，自顧自向後堂走去。

黑月兒這才走上來，上下看了看我，確定我沒事之後，才鬆了一口氣，挽著我的手說：

「小兄弟，我知道你身懷絕技，不過這趕屍的道道，有獨特的法門，所以你最好還是不要招惹的好，不然的話，我也保不住你。」

我連忙點頭道：「姐姐放心，這個我曉得，我不會壞規矩的。」

「嗯，那就好。」黑月兒抬頭看了看天光，對眾人說：「天也快亮了，我看大夥兒就收拾一下吃早飯吧。」

眾人不約而同地都往外走，想呼吸一下新鮮空氣。我也走到屋外，看著周圍的山色，忽然看到二子居然枕在驢背上睡著了。大夥兒看到這個情形都笑了起來。

「哎喲嗨——」趙天棟想捉弄他一下，故意扯著嗓子嚎了一聲。

那頭趴在地上的毛驢被這麼一嚇，一下從地上站了起來，二子自然就遭殃了。他被毛驢帶得半身飛到空中，又重重跌到地上，滾了一身驢屎和泥土。

「發生什麼事情了？啊？」二子這才醒了過來，情急之下，本能地插手到懷裏抽出手槍，警惕地看著四周。

「哈哈，隊長大人，您就是這麼守夜的啊？」吳良才大笑道。

「原來是你們兩個牛鼻子搞的鬼，奶奶的，嚇我一跳！」二子訕笑著從地上爬起來，收起手槍，拍了拍身上的驢屎：「天色還早呢，你們怎麼都起來了？」

「大妹子讓我們準備啟程呢，她和張醫生做早飯去了。」

「噢，好。」二子一邊點菸，一邊對大家說：「那大家趕緊收拾，這地方他娘的老子也不想待了，陰森森的。」

我們在院子裏用清洌的井水洗漱了一番，又飽餐了一頓。

我們出發的時候，天色已經大亮了，山林裏霧氣很重，樹梢上掛著輕紗綢幔一樣的白霧，草葉上綴著露珠，空氣格外濕潤清新，呼吸起來分外暢快。

趕屍匠一直沒有動靜，只有站在門板後面的女屍給我們送行。我臨走的時候，忍不住多看了女屍兩眼，恍惚中，竟然看到女屍的眼睛動了一下。我心裏一陣訝異，但是大家都在催促我快走，我只好遺憾地和女屍對望了幾眼。

在黑月兒面前，大夥都刻意避談烏老三，唯恐引得她不開心。不過，我知道，烏老三雖然說是走了，其實一直跟著我們的隊伍。我不知道他在哪裡，卻相信他一直在暗中關注著我們的安危。

我們再次來到冷水河沿岸，走在一條林間土路上。土路雖然不是很寬，卻很平整，兩邊都是參天大樹，感覺相當舒適靜謐。

前面有一大片光亮，一直籠罩在我們頭上的大樹冠，居然出現了一塊罕見的空缺，再仔細一看，那是人工砍伐出來的空地。空地上搭著涼棚，涼棚裏站著四五個腰挎柴刀、包著纏頭的苗寨青年。

我們要走的路正好從涼棚邊經過，通到一條懸掛在冷水河上的吊橋。吊橋由繩子和木板搭建，寬度只有一米左右，懸掛在幾十米高的懸崖間，風一吹就晃晃蕩蕩的。我們遠遠望著那條吊橋，禁不住懷疑這吊橋能不能承受得住我們。

「站住，你們是幹什麼的？」我們走到涼棚邊上時，那幾個苗寨青年把我們攔住了。

「我們要過橋。」二子走上前說道。

「過橋去什麼地方？」

「去上游，我們是考古隊的，要去考察古代遺跡。」

「這麼說來，你們是要經過長青走廊嘍？」

「你說的是不是河對岸那一片竹林？」

「不錯，就是那個，我勸你們最好不要走那邊。那竹林裏的毒蛇很多，不是你們能對付的。」苗寨青年掏出一個竹牌，拿柴刀在上面橫豎劃了幾下後，遞給二子說：「這個給你，拿著吧，再要過橋，跟他們說這邊已經交過錢就行了。你們一共九個人四頭牲口，算你們十五個人，一人十塊，你給我一百五十塊就行了。」

「還，還要交錢？」二子眨眨眼睛問道，有些意外。

「當然要交錢啦，這橋一年修補就得花一千塊呢。」苗寨青年一邊從二子手裏接過鈔票，一邊嘟囔道。

二子認可地點點頭，指揮大家登橋渡河，又心有餘悸地問道：「喂，大兄弟，問一下，長青走廊真的有蛇嗎？」

「有啊，連蛇王都有呢，劇毒的青竹絲，被咬了，救都來不及的。」

「那，那還有別的更危險的東西嗎？我的意思是，在那邊住著的人。」

「這個——」苗寨青年面露難色，撓了撓頭，老半天都沒回答。

二子連忙又抽出一張票子塞到他手裏，說道：「這個給兄弟幾個喝酒，你告訴我那邊到底是個什麼情況就行了。」

苗寨青年眼睛一亮，扭捏地收了錢，拉著二子走到一邊，低聲道：

「那裏有個陰狠的女人，養蠱的，我們都不敢得罪她，所以你們最好別走那邊，不然的話，出事了可別怪我。你們過橋之後，不要進竹林，沿著外面的小路走就行。」苗寨青年說完，轉身回了涼棚。

二子皺起了眉頭，一邊往橋上走，一邊點菸，神情很凝重。

我知道他擔心黑月兒去招惹那個女人，就寬慰他道：

「放心吧，黑月兒雖然想報仇，但也很講江湖道義，她不會故意去惹那個女人的，應該不會出事的。」

「要是這樣就好了。我從昨天晚上開始，心裏就七上八下的，總感覺咱們被什麼東西盯上了，渾身都不自在。」二子撣撣菸灰問我，「你有沒有這個感覺？」

「沒有，我倒是很好奇，你什麼時候變得這麼敏感了？」我微笑看著他。

「沒辦法，是隊長嘛，所以心情就緊張了一些，也可能是我多慮了。奶奶的，如果他們不講道理，我也就不廢話了。」二子把菸頭扔掉，把懷裏的手槍掏了出來，仔細檢查一番，這才繼續前進。

吊橋「嘎吱吱」響著，我們一行人分成了好幾撥，好半天才都過了橋。我們很快來到一片茂盛的竹林邊上。竹林密匝匝的，都是粗大挺直的青竹，地面上是厚實的竹葉地毯，有一條幽靜的小道通到裏面。

我們沿著竹林外面的大道一路走著，漸漸繞到了竹林西側，這才鬆了一口氣。黑月兒這時出奇的平靜，端坐在驢背上一句話都不說。眾人也知道這裏不是普通的地方，所以都收起了玩笑的心情，噤聲悶頭趕路。

山路一側是風聲颯颯的竹林，一側是漫山遍野的灌木樹層，風景很好，可是我們卻並沒有心情去欣賞。

我們沿著竹林邊上的小路一直走到中午，竟然愣是沒能走出竹林的範圍。山林霧氣被火熱的日頭逼退了，我們的視線變得清晰明澈。金色的陽光照下來，有些晃眼，雖然是初冬時節，卻也讓人感到明顯的熱度，大夥兒都漸漸頭上冒汗，口中乾渴，肚子也餓了。

二子提議找個地方打尖吃午飯。前頭有一處綠樹森森的小山頭，是個乘涼吃飯的好去處，大夥兒就加快腳步向那邊趕去了。

這時，隊伍裏突然響起「撲通」、「撲通」兩聲悶響。大家一看，只見趙天棟和吳良才居然雙雙倒在地上，不省人事了。

眾人連忙撲上去搶救，張三公搬過藥箱子，給他們檢查身體情況。

「這是怎麼了？奶奶的，這倆牛鼻子這麼弱，走個路都能暈倒？」二子很不解。

「不對，他們中毒了。」黑月兒沉聲說道。

她剛說完，只見她的臉上突然浮上了一絲黑氣，接著一捂胸口，猛然吐出一口黑血，整個人向後一仰，就跌倒在地了。

「哎呀呀，這是怎麼了?!」二子上前抄手把黑月兒扶起來，只見她正翻著白眼，踢騰著腿掙扎著。

「大妹子，你這是怎麼了？」二子嚇得滿頭都是汗。

「快，快走——」黑月兒掙扎的當口，咬牙從嗓子裏擠出幾個字，接著全身一僵，昏死過去了。

隊伍裏所有人，包括我，半天都沒反應過來到底該怎麼辦。

「張醫生，你快說說，檢查出來沒有？」二子只能把希望寄託在張三公身上了。

張三公走到黑月兒身邊，看了看她的舌苔，站起身嘆氣道：

「這種毒分陰陽，男人中了，最多是昏睡不醒，女人中了，陰氣養毒，十分危險。這種陰陽毒只有苗寨中的用毒高手才會解，我只能給他們注射一點解毒藥，能不能撐過去，就要看他們的造化了。」張三公就給他們都注射了藥劑。

「這真是見鬼了，怎麼就他們三個中毒了，這是什麼時候發生的，我怎麼一點也沒察覺出來？」二子皺眉沉吟著。

泰岳上前查看了黑月兒的情況，抬頭說道：

「這種毒叫日月輪還香。女人在中午時分，因為日頭陽氣和體內陰氣相互作用，催發毒性爆發，輕則傷及肺腑，重則斃命。男人則是月上中空之後，月陰和體內陽氣作用，催發毒性爆發，也會無比痛苦。這種奇毒，只有苗寨用毒高人才會用，咱們肯定是在什麼地方不小心著了人家的道了。」

「還會有誰，肯定是那個趕屍的，咱們和他無冤無仇，他居然用這個陰招，再讓我碰見他，一槍就要了他的命！」二子氣得大罵起來。

「咱們這一路接觸的人不多，那個趕屍的確實嫌疑最大。」婁含皺眉說道，「不過，你們有沒有覺得奇怪？」

「奇怪什麼？」二子問道。

「為什麼我們之中，只有他們三個中毒了，其他人卻沒事？」

「這個——」二子也皺眉沉思起來，最後無奈地一甩手，看著我們問道：「你們想到是怎麼回事了嗎？」

「難不成是他們三個得罪了那個人，所以才會著了道？」張三公說道。

「不對，他們三個根本就沒和那個趕屍的起爭執，那趕屍的犯不著專門針對他們，肯定有其他原因。」周近人說道。

「昨晚我讓你們早點走，早聽我的話就好了。」泰岳嘆了一口氣，點了一根菸，悶頭抽了起來。

「算了，想不出原因就不要想了，現在先說說怎麼辦吧。」二子徵求大家的意見。

「最好就是找到下毒的人，拿到解藥，不然他們沒救了。」張三公臉色凝重道。

「這事好辦，那趕屍的不是白天不走路嗎，他肯定還在那個客棧裏，你們等著，我去找他！」二子被激怒了，拉過一頭毛驢就騎了上去。

泰岳眼疾手快，上前一把拉住驢子轡繩道：

「現在還沒弄清楚到底是怎麼回事，你不要這麼衝動，到時候真的惹到人家了，恐怕他們三個就真的沒救了。」

「這個事情難道還不夠清楚嗎？除了他還會是誰？」二子從驢子上跳下來，很火大地看著泰岳。

「就算是他，你有什麼證據？你知道這香毒是怎麼回事嗎？」泰岳皺眉說道。

「我管他怎麼回事，只要他把解藥交出來就行了。」二子蠻橫地說。

「他要是不交呢？」泰岳冷眼追問道。

「那我斃了他！」二子狠聲咬牙道。

「你以為斃了他就沒事了嗎？這裏是苗疆，趕屍匠都有一定的威望，要是引起苗人圍攻我們，你覺得你一把手槍可以保護我們大家嗎？」泰岳沉聲道。

二子不覺一愣，有些洩氣地揮手道：「那照你說，到底要怎麼辦?!」

「先冷靜下來分析情況，把事情的來龍去脈弄清楚再想辦法。現在他們還能堅持一會兒，我們還有時間，先不要自亂陣腳。」泰岳冷靜地說完，轉身讓我們把三個人搬到毛驢上。

「先把他們轉移到安全清靜的地方。」這時候，泰岳儼然取代了二子的指揮權。

大家也都認同泰岳的話，於是一起把他們帶到前面的小山頭上，把他們安置好之後，大家坐下來分析情況。

「日月輪還香是苗寨中罕見的奇毒，一般人都不知道，我在苗疆活動這麼多年，第一次親眼見到。」周近人瞇眼看著泰岳，疑惑地問道：「你是怎麼知道的？莫非你以前見過？」

二子也說：「對啊，哥們，你是怎麼知道的？」

泰岳冷笑了一聲，淡淡地說：

「以前我在邊界抓毒販子，什麼山頭都鑽過，跟當地的苗族老鄉很熟，我會不知道這種毒嗎？我在那邊可是九死一生的。」

「那你知道這種毒怎麼解嗎？」二子有些沮喪地問道。

「不知道，每一種蠱毒都需要不同的解藥。要解毒，就得找到下毒的人。」泰岳的心情也很沉重。

大家一時間不知道還能說什麼，都陷入了沉默。

婁含又說道：「現在我們除了給他們解毒之外，還有一個選擇。」

「什麼選擇？」大家不禁滿懷希望地向他看過去。

「就是丟卒保車。」婁含眼神陰翳地皺眉道，「他們三個人，原本也沒什麼太大作用。黑月兒一心尋仇，不知道什麼時候就會惹出事來。那兩個老道也不省心。現在他們三個都中了毒，這就說明是遭了報應了。我覺得我們把他們丟下好了，反而少了累贅。你們覺得怎麼樣？」

眾人剛開始心裏覺得這樣做太不近人情，但是想了一會兒之後，居然大多數都持同意的態度。周近人第一個點了點頭，張三公也微微頷首。泰岳抬眼看了看天，抽了一口菸，表示棄權。

二子這時總算是良知未泯，丟下一句話道：「這樣太沒情義了。我是隊長，得對他們負責。」不過，二子心裏也有些贊同婁含的話，所以他說話的氣勢就不那麼強硬。

我嘆了一口氣，搖了搖頭，覺得二子到底是容易被人慫恿，一點主見都沒有。

「喂，方曉，你覺得這個事情怎麼樣？」婁含見只有我還沒有表態，就挑著眉毛看我。

「我不同意你們的做法。」我堅定地說道，「不過，你們怎麼選擇，那是你們的自由。你們要是真的嫌他們麻煩，那你們就先走吧，我留下來照顧他們。我來想辦法給他們解毒。這種毒我聽說過，只要找到兩樣東西，也就可以解了。」

「哎喲，小祖宗，原來你知道怎麼解毒，怎麼不早點說呢？害得我白擔心這麼久！」二子抓著我的手說道。

「我也是剛剛才想到的，而且，」我瞥眼看了看婁含等人，「路遙知馬力，日久見人心，我也想看看大家的江湖情義到底是什麼樣子的。沒想到，一下子就探出底來了。」

婁含惱羞成怒地站起身，微微顫抖地瞪著我說：

「好小子，你有種，故意耍我們是吧，我希望你不要後悔！」婁含甩手轉身向樹林裏走去了。

「哦，我再去看看他們的情況。」張三公老臉也掛不住了，挎起藥箱就走。

「哈哈，果然好樣的，自古英雄出少年啊，你真是讓我越來越感到驚喜了。」周近人倒是臉皮夠厚，面不紅心不跳地對我蹺起大拇指，才轉身去找婁含。

他們離開之後，有些疑惑地看著我問道：「你真的可以解這個毒？」

「可以試一下。」我點頭道。

泰岳問道：「那你也應該知道這毒是怎麼下的了？能說給我聽嗎，我一直想不通。」

我抬眼看著泰岳，點頭道：「我大概推測出了一些情況，不知道對不對，你們想聽的話，我就說。」

「說說看。」二子遞給我一根菸。

我接過菸，說道：「假設這毒確實是那個趕屍匠通過那個女屍下的話，中毒的人應該就是住在前堂的幾個人。」

「你是說，毒是從女屍身上散發出來的？」二子有些意外，「那為什麼我們沒有中毒？」

「這種毒應該是很淡的、慢性的，不是長久接觸不會發作。昨晚你一直在外面待著，沒受浸染，我的體質不怕毒，所以現在還沒事，至於泰岳大哥為什麼沒異常，我就不太清楚了。」我很有深意地看向泰岳。

我對泰岳的身分一直有些懷疑，他給我的感覺太熟悉了，我知道自己的推測有些荒謬，但是，現在發現他連劇毒都不怕，禁不住就覺得或許我的推測還是對的，他也許真的就是那個人。那傢伙之前不是易容冒充過趙山嗎？那這次他為什麼不能冒充泰岳呢？現在唯一解釋不通的，就是找不到他冒充泰岳的理由。

不光是泰岳，就連那個心思細膩縝密、又略顯陰狠的婁含，也給我一種熟悉的感覺。他的身影有時也讓我聯想到一個舊識。所以，進入苗疆之後，我一直保持低調，冷眼觀察著這兩個人的舉動。我得到的結論是，這兩個傢伙的身分絕對都不是真的。

我本來想當面拆穿他們，讓他們褪去偽裝，但是又擔心這樣的舉動太突兀，沒有確鑿的證據，反而會被他們反咬一口，所以我一直隱忍下來。

現在有三個人中毒了，雖說是一個很糟糕的意外，卻讓我趁機得到了確鑿的證據，可以揭穿泰岳的身分，我又如何會放過這個大好機會呢？

《青燈鬼話》上有一篇是專講苗疆奇毒的，日月輪還香又叫做乾坤亂，是把一種產於雪山深處的噴火蟲的屍體研成粉末，再配以各種毒藥製成的。噴火蟲生活在雪山之上，卻會噴火，天生外體冰寒、內體灼熱，是一種陰陽失衡的矛盾存在，因此毒性很特別。

要想解這種毒，可以先從解除噴火蟲的毒性入手，那是一種非常罕見和奇特的草藥——顛倒金銀花。普通的金銀花剛盛開的時候呈銀白色，花朵開敗後變成金黃色，顛倒金銀花則正好相反，花苞剛開放的時候是金黃色的，開敗之後變成銀白色。正因為金銀之色顛倒，花瓣的藥性也產生了陰陽顛倒的效果，正好針對這種陰陽屬性的毒藥。

我聽張三公說了蠱毒的名字之後，就已經想到怎麼解毒了，之所以沒說，就是想看看眾人的反應。大家後來的表現讓我很失望，他們居然真的不顧隊友的生死。這對我心理的衝擊很大，讓我熱忱的心冷靜了很多。

泰岳變了臉色，呆愣了半天後，皺眉看著我說：「你不是也沒有中毒嗎？」

「我不會中毒，是因為我的體質和常人不一樣。」我冷冷地看著泰岳。

泰岳冷笑道：「你既然可以是特異體質，難道我就不可以嗎？」

我和二子對望了一眼，都微微點了點頭，知道這傢伙並不想告訴我們實話，二子甚至伸手去摸槍了。我連忙伸手止住他，對泰岳問道：

「你不想說也沒關係，我只問你，你到底有什麼目的？」

「我不是說過嗎？我要娶老婆，需要攢結婚的錢。」泰岳淡淡地說。

「結婚需要這麼多錢嗎？為了結婚，需要冒這麼大的險嗎？你這個理由太牽強！」我沉聲道。

泰岳見我真動怒了，捏了捏眉心，長嘆一口氣道：

「我說小子，你知道現在結婚有多貴嗎？我是山裏的窮小子，現在要在大城市生活，你知道要多少錢嗎？你以為我參加這次行動能賺多少錢？你以為一百萬很多嗎？你說這個理由太牽強，那你說什麼理由才不牽強？那你們又是什麼目的？」

「我們——」我被他說得一噎，半天沒能說出話來，只好嘆了一口氣道：「好吧，我們就先不爭這個了，說說接下來的事情吧。」

「接下來什麼事情？」二子疑惑地問道。

「去找顛倒金銀花和無根水。」我說道。

「這都是什麼東西？」二子皺眉道。

我就給他們詳細解釋了什麼是顛倒金銀花，而無根水就是雨水。他們聽後面露喜色，隨即卻又都皺起眉頭：「但是到哪裡去找顛倒金銀花呢？」

我淡淡一笑，說道：

「凡毒者，七步之內必有解藥。現在我們基本可以確定是那個趕屍匠對我們下的毒，只要打聽他到底是什麼來路，在哪個山頭坐莊，然後我們去他的老窩走一趟，應該就可以拿到解藥了。他既然調製出了這種奇毒，那麼，他的院子裏就肯定種有這種顛倒陰陽花來做解藥。」

「既然如此，那還是由我去找他要解藥吧。」二子起身扔掉菸頭。

「你們都不用去，我去。」我拉住了二子，「你們兩個，一個留下負責警戒工作，一個去找苗寨老鄉打聽那個趕屍匠的來頭。泰岳，你熟悉苗疆的規矩，這個事情就由你去辦。」

「這樣也好。」泰岳連忙點頭，「事不宜遲，我現在就出發，不能再耽擱了，不然入夜之後，情況就更糟了。」

我和泰岳都騎上毛驢，跟二子揮手道別，就出發了。

第五十七章

初生牛犢不畏虎

「嘿嘿，小哥兒，沒想到你小小年紀，居然身懷絕技。」
老苗子瞇眼說道：「不過，小哥兒，我老嘎還是要勸你一句，
初生牛犢不畏虎確實是勇氣可嘉，
但是你可知道，其實這意味著牛犢會死得很難看？」

在山路上慢慢騎驢時，覺得路還是挺平的，一旦快跑起來，就顛簸得受不了了，而且驢背上沒有鞍，只鋪了一條破麻袋。但是，我和泰岳沒敢放慢速度，現在耽誤時間就是拿人命開玩笑。

過了冷水吊橋，泰岳和我分開了，他去苗寨裏打聽趕屍匠的情況，而我直奔昨晚投宿的趕屍客棧。日頭偏西的時候，我終於看到那棵蒼勁的老槐樹。屋子像我們離開的時候一樣，沒有人聲，沒有人影，大門洞開著，如同一張饑餓的怪口。

趕屍匠都是夜行曉宿的，所以，現在趕屍匠和女屍應該還在客棧裏才對。由於心裏對趕屍匠有所防備，所以我在距離趕屍客棧還有一定距離的時候，就把驢子拴在樹上了。

我一手陰魂尺、一手打鬼棒，一路摸到趕屍客棧側面的蒿草叢裏，接著躡手躡腳地向前堂大門挨過去。

我想看看那個趕屍匠現在正在做什麼，而且，我一直懷疑他帶來的女屍有問題。我悄悄來到門口，貼著另外一邊門框走了進去，一看門板後面，那個女屍不在了！

我心裏泛起了一絲不好的預感。昨晚我們那麼多人在這兒睡著，他都硬要把屍體停在這裏，為什麼這會兒反而轉移屍體了呢？

對了，那不是一具普通的屍體，那是一具毒屍！那個趕屍匠很有可能不是真正的趕屍匠。他帶著的屍體也很有可能不是真正的屍體，他肯定有著不可告人的目的。

想通這些之後，我不禁有些擔心那個傢伙已經逃跑了。

這時，我也沒那麼多顧忌了，抬腳就大步向院子裏走去，想要到後堂查看一下情況。

我心情焦急地走著，就沒去注意兩邊的情況。我的眼前突然出現了一個人影，我和這個人撞了個照面。我定睛一看，立刻呆愣了，這個人正是昨晚的那具女屍！女屍此時正站在院子裏的老槐樹下，頭髮挽在一側，臉上沒有符紙了，她的手裏還端著一個木盆，木盆裏放著濕漉漉的衣服。

我隨即明白過來了，不由得全身一震，一下子向「女屍」撲了過去，冷喝道：「你根本就不是屍體！」

「啊——」「女屍」扔下手裏的木盆，發出一聲驚恐的尖叫，轉身就向後堂跑去。

我的身手和速度已經很厲害了，但是沒想到這麼猝然發難，居然還是沒能抓住這個女孩。我只抓到了她的小夾襖衣角，一下子就把夾襖的鈕扣都扯開了。

她奮不顧身地逃跑，即便露出了貼身的白色襯衣，也根本沒有停下腳步，反而跑得更快了。

見到女孩跑進後堂屋裏去了，我冷哼了一聲，緩步來到堂屋門口，對著門裏喊道：「在下方曉，拜見前輩高人，不知前輩可否出來一見？」

我說完之後，端手冷眼等著，等了半天卻沒聽到任何聲音。

我不覺眉頭一皺，心裏有些急火，冷聲道：

「前輩，我們往日無怨近日無仇，昨晚為何下手害我同伴？在下只希望能夠拿到日月輪還香的解藥，還希望前輩能夠不吝見賜，大恩大德，方曉銘記在心！」

我又耐心等了片刻，還是沒有回音，不覺心頭火起，一甩手道：「前輩既然敬酒不吃，可就不要怪我了！」

我從兜裏掏出打火機，點著了一束茅草，就要往屋子上面扔。

「喂喂，小哥兒，不要燒——」屋子裏終於有人說話了，店掌櫃老苗子拄著拐杖，顫巍巍地走了出來。

「哼，掌櫃的，這事和你無關，我希望你不要插手。」我見出來的不是正主，不禁冷眼看著他說道。

「嘿嘿，小哥兒，我老嘎還真是看走了眼，沒想到你小小年紀，居然身懷絕技，而且還是火爆脾氣。」老苗子自顧自地說著，緩步走到我面前，瞇眼說道：「不過，小哥兒，我老嘎還是要勸你一句，初生牛犢不畏虎確實是勇氣可嘉，但是你可知道，其實這意味著牛犢會死得很難看？」

我不禁一愣，警惕地看著他說：「這麼說來，你和那個趕屍匠是一路的了？你想替他來對付我？他下毒的事情，你也有份？」

「嘿嘿，這個事情，你就不要問太多啦。這樣吧，小哥兒，咱們過兩招，要是你勝了，我會把真相告訴你，但是如果你輸了，那我勸你還是趁裏面那位爺爺沒發脾氣之前離開這裏，不然的話，我可保不準會發生什麼事情。」老苗子瞇眼捋鬚，含笑說道。

我知道他既是幫我，又是在考驗我，於是丟掉火把，點頭道：「好，既然如此，那我就陪你過幾招，拳腳無眼，傷到了你，我可不包賠。」

「嘿嘿，我就喜歡這種不知天高地厚的小子！」老苗子笑道，突然出手如電，手裏的拐杖一挑，尖利的頭部直直地衝著我的肚子戳過來。

我沒有想到表面看上去弱不禁風的老苗子居然身手如此敏捷和犀利，心裏一沉，情知這老傢伙是深藏不露的高手，不可等閒視之，連忙屏氣凝神，全心應戰。

老苗子的尖頭拐杖是一把不到三尺的紫檀木手拐，但是他揮舞起來卻刁鑽得如同一條毒蛇，上下飄飛，嘶嘶生風，防不勝防。老苗子兩隻腳尖點著地面，身影飄忽晃動，我被他逼得左右支應，險象環生，十分尷尬狼狽，被逼退了十來步，後背快要頂牆了。

我不禁有些心急，這時，我瞥見後堂屋中間的房門裏，那個假裝殭屍的女孩正有些驚恐地看著我們，手還捏著自己的領口。我心裏更加來火，不由得大吼一聲，不管三七二十一，揮舞著陰魂尺和打鬼棒猛力地砸了出去。

「啪——撲——」尺棒和拐杖交擊，我被震得兩臂一酸，有些麻木地收了回來。老苗子年紀大了，功力再高也撐不了我的蠻力硬拼，他的手臂一抖，手杖縮回了半截，尾端的大頭正好搗在他的胸口上。

「唔——」老苗子立時悶哼一聲，手捂胸口踉蹌著後退了好幾步，一下子蹲到地上，艱難地喘息起來。

我本想跟上去給他一尺，但是猶豫了一下，還是收起了尺棒，走上去撿起他的拐杖，遞到他的手裏，把他扶了起來。

「呵呵，不行啦，老啦，哎喲，這把老骨頭差點就散架啦。」老苗子向我投來感激和讚賞的眼神，接著扯著嗓子對堂屋喊道：

「丟臉了，我輸啦，接下來你自己搞定吧。小娃子心地不錯，你也不要太為難他了，我看搞不好你也得栽。到時候晚節不保，可就真是丟臉了。」

老苗子對我微笑著點了點頭，拄著拐杖，晃晃悠悠地向外面走去。

我轉身冷眼向後堂正門看去，一直躲著偷看我和老苗子過招的那個女孩一閃身躲了起來。我冷哼了一聲，走到門前問道：「前輩真的不願意出來一見麼？」

「小娃子，好沒禮貌，既然知道我是前輩，為何你不進來相見？讓我老人家出去見你，你好大的架子！」屋子裏傳來一個沙啞的聲音，正是那個趕屍匠。

我猶豫了一下，一咬牙，一邊抬腳向堂屋走去，一邊說道：

「前輩，咱們往日無仇近日無怨，晚輩希望你不要一而再再而三地對付我們。俗話說得好，冤家宜解不宜結。咱們行走江湖，多一個仇人，不如多一個朋友，朋友多了路好走。」

我走進堂屋之後，才發現屋子低矮昏暗。我適應了屋裏的光線，打量一下四周，只見那個女孩捏著衣領，頭髮凌亂地靠牆站著，她的臉上是驚恐的神情，似乎我會對她施暴一樣。我皺了皺眉頭，感到有些疑惑，想不通她為什麼這麼怕我。

「小娃子，你實話跟我說，你到底是什麼來頭？」沙啞的聲音又響了起來。

我把視線從女孩身上移開，發現趕屍匠坐在靠牆的一張椅子上看著我，依舊只露出兩隻眼睛。

我回答道：「我是考古隊裏的學員，這次是跟著師父來考察古代遺跡的。我叫方曉，老家是海蘇省沭河縣的。」

趕屍匠冷笑了幾聲，起身看著我說：

「年紀輕輕，身手不凡，蠻力驚人，已經讓人刮目相看了，而且你還身懷異寶，不畏劇毒。嘿嘿，小娃子，你這些鬼話，以為可以騙過我嗎？你以為我不知道你是來幹什麼的嗎？我勸你最好說實話，不然的話，你的朋友可就要沒命了。」

我心裏一動，知道瞞不過他，只好嘆氣道：「你不相信我的話，我也沒辦法。我說的都是真的。我身手不凡、身懷異寶，和我是一個考古隊員並沒有衝突。」

「哼，那你說說，你為什麼有這麼好的身手，你師從何人？」趕屍匠繼續盤問我。

「我只能告訴你，我的姥爺是一位奇人，身懷絕技，道行高深，從小就教了我這些，我只是學了些皮毛而已。」

「哼哼，不能說是吧？」趕屍匠抬起手，「那你請回吧。」

我有些詫異地問道：「為什麼？」

「嘿嘿，小娃子，咱們之間真的沒有仇怨嗎？」趕屍匠冷笑地看著我，「你真以為我不知道你們為什麼來這裏嗎？本來我想讓你自己說出來的，你偏要嘴硬，非要我親自戳穿你才心服口服。我沒有心情戳穿你，也不為難你，你也別想讓我給你解藥了。你走吧，我今天心情不錯，但是下次見面，可就別怪我不客氣了。」

我越聽越糊塗，忍不住問道：「我們之間到底有什麼仇怨？你怎麼知道我們來這裏是做什麼的？」

「若要人不知，除非己莫為，小娃子，江湖險惡，你還嫩著呢，想騙我，門都沒有！」趕屍匠不屑地冷笑道，「你可能不認識我。但是你們隊伍裏卻有人認識我。他沒能認出我來，只是因為我沒有露臉罷了。嘿嘿，他可真是費盡心機啊，為了對付我，居然糾集了這麼大的一支隊伍，哼哼，我果然沒有看走眼，他是個可以翻起風浪的角色。」

「你到底在說誰？」我皺眉問道。

「這個你不用知道，你只要回答我，你為什麼沒有中毒，你要是能夠告訴我原因，我或許可以考慮給你解藥。」

我又是一愣，說道：「你覺得你的毒很厲害，沒有人能逃掉嗎？實話告訴你吧，不光我沒有中毒，隊伍裏另外一個人也沒有中毒。昨晚睡在前堂的五個人裏，只有三個人中毒了。」

「什麼，你說什麼？」趕屍匠的聲音陡然提高了一倍，滿臉不能置信地看著我，似乎看著怪物一般。

我非常理解他的驚駭。如果說這世上真的有人是百毒不侵的，那也不是沒有可能。可是，九個人的隊伍中居然就有兩個不畏劇毒的人，就真的讓人難以置信了。

「好吧，果然，他知道我的死穴，找到了能夠克制我的人。嘿嘿，看來我一這步率先出擊的棋是走對了，哈哈哈哈。」趕屍匠仰天大笑起來，接著問道：「小子，你們到底是什麼門派，為什麼不畏劇毒？」

「我們沒有什麼門派，不畏劇毒只是個人體質不同而已。」我隨口答道。

「不可能，就算這世上有這種特殊體質，也不可能同時出現兩個。你們肯定是用了什麼奇特的法門，對麼？」趕屍匠瞇眼問我。

「你猜錯了，我們確實沒有用什麼法門，就是體質特殊而已。你不信，我也沒有辦法。你問了我這麼多問題，可不可以也回答我一個問題？」

「什麼問題？」

「你說的那個『他』，到底是誰？你又到底是誰？」我攥緊了手裏的陰魂尺，預備他會對我出手。

「我不想告訴你。」趕屍匠從衣兜裏取出了一個小布包，遞給我道：「這個是日月輪還香的解藥，你拿了，趕緊離開這裏，我不想再和你說話。」

「多謝前輩！」我禁不住心裏一喜，伸手就去接小布包。趕屍匠卻突然一抖手，將布包一扯，裏面的藥粉向我臉上撒了過來。我猛然嗅到一股石灰粉味，滿頭滿臉都是石灰粉，眼睛裏也進了不少，立時燒得我兩眼刺痛，整個人跳了起來。

「哈哈，小子，我說過，你還是太嫩了！」我聽到趕屍匠一聲大笑，我心裏又急又怒，強忍著雙眼的刺痛，連忙把手裏的打鬼棒和陰魂尺揮舞出去。

「嘿嘿，小娃子，你現在眼睛都已經看不見了，我看你還怎麼和我鬥！」

我一番胡亂砍打，根本沒有碰到趕屍匠分毫，這傢伙還借機竄到我背後去了。

「身為前輩，居然用如此下三濫的手段，說出去真不怕人笑話！」我一邊聽聲音判定他的方位，一邊和他拉開距離，借著和他說話的機會，抬手用衣袖拼命去擦臉上的石灰粉。

我的眼睛無比刺痛，知道這種石灰粉進入眼睛之後不能用水洗，只能一點點用乾淨的布擦出來。

「嘿嘿，小子，你沒有機會了。你們既然是來對付我的，你以為我會放你離開這裏嗎？小子，要怪就怪你不該逞能多事，今天，你就給我留在這裏吧！」趕屍匠冷笑一聲，就向我衝了過來。

我不知道他這時候使用的是什麼武器，但是我聽到呼嘯的風聲，猛然感覺手臂上一陣抽痛，立時就明白了，這傢伙用的是一根九節鞭！

「呀——」一聲尖厲的嘶吼，我飛躍而起，也不管能不能擊中，就朝著趕屍匠所在的方位拼命撲了過去，手裏的陰魂尺直直向前戳去。

「嘿嘿，小子，可惜啊，你雖然不怕劇毒，但是，我不用劇毒，也照樣能弄死你！」

我撲了空，沒能擊中他。但是，他沒有想到的是，我這一下看似瘋狂的撲擊，其實只是虛招而已，我真正的目的，是要接近房門。果然不出所料，這混蛋因為要躲開我的撲擊，向屋子裏移去，這樣一來，門口的位置就空出來了。

我就地急速翻滾起來，向房門滾去。我滾了沒幾下，就已經撞到了房門，我連忙起身準備衝出去，卻不想一伸手，抓住了一條柔軟的小腿。

「啊——」它的主人立時發出了一聲尖叫，接著就拼命地掙扎著想抽走。

我怎麼可能讓她抽走呢？我這時才想到那個女孩還一直靠著門板站著。趕屍匠我是對付不了了，但是這個女孩很柔弱，我可以輕易搞定。我立時打消了逃跑的念頭，兩腿一曲，從地上跳起來，向前一撲，就把女孩攬進懷裏，擋在身前了。

「啊——啊——」這個女孩似乎是個癡女，她被我抓住之後，居然連話都不會說，只會尖叫。

「仙兒！」趕屍匠終於發出了擔憂的叫聲。

我鬆了一口氣，連忙收起打鬼棒，一伸手捏住了女孩的咽喉，對趕屍匠喝道：「你再敢動，我就立刻捏斷她的脖子，我的力氣有多大，你應該知道的！」

「好，好，我不動，你也不要亂來，只要你放了仙兒，什麼都好說。」趕屍匠哀求著說。

「嘿嘿，好前輩，你覺得我現在會放開她嗎？我放開她之後，你真的會放我走嗎？」我冷笑著沉聲喝道，「別讓我聽到你的腳步聲，你走一步，我就掰斷她一根手指！」

我一手掐著女孩的脖頸，一手摸索著牆壁，把她拖到了屋外。屋外的光線亮了很多，我已經可以朦朦朧朧看到一些東西了。

我連忙又抬起衣袖拼命擦拭眼角的石灰粉，眼睛的刺痛感終於褪去了一點，視力也恢復了。我回頭向堂屋一看，看到趕屍匠正躡手躡腳地一步步挨近房門，準備從背後偷襲我。

我心裏對他仇恨和鄙視到了極點。我心裏一動，裝作什麼都看不到的樣子，故意一手掐著女孩的脖子，一手亂揮著陰魂尺，口中喊道：

「不要過來，不要過來，你要是過來，我就殺了她！」

趕屍匠被我的逼真表演騙住了，他一點點地靠近我，走到離我只有一米的距離，才高高抬手，想用九節鞭砸到我的頭上。這一次，他失算了！

他所站的位置，既利於他對我發動偷襲，也有利於我反擊，而且由於我的兵器比較短，我出擊的速度也比他快。我猝然發難，手裏的陰魂尺閃電一般戳出，一下就點中了他的胸口。

「咕咯——」趕屍匠頓時全身一軟，嗓子裏發出了一陣模糊的響聲，接著整個人直挺挺地向後倒去。

我心裏一喜，冷笑一聲，推開女孩，踏步向前，把陰魂尺再次向趕屍匠戳過去。沒想到，趕屍匠居然就地一滾，躲開了我的致命一擊。這傢伙居然如此強悍，被我一尺擊中竟然還能活動。我冷哼了一聲，一點腳尖，再次跟上。

這時，趕屍匠剛從地上爬起來，他的身子晃了晃，雙目中露出驚恐的神情，不敢停頓，手裏的九節鞭猛地向後一掃，就發瘋一般向客棧大門衝去。

「哼，再想跑，晚了！」我看著他狼狽逃竄的身影，冷哼了一聲，飛身追上，一邊追一邊繼續擦拭眼睛，視力已經完全恢復了。

我們都出了大門。趕屍匠慌不擇路，一路向著山頂的密林鑽去。他剛才中了我一記陰魂尺，跑動起來已經明顯無力了，可見受傷不輕。他肯定已經知道我的厲害了，所以，他也沒有勇氣繼續和我糾纏。他雖然能跑，但我比他更能跑，他想逃跑，談何容易？

我已經占了上風，心情就沒有先前那麼緊張了。我不疾不徐地追著他，還不斷地對他進行心理打擊：「好一個前輩高人，哈哈哈，你的手段真是讓我領教了，我倒要看看你能跑到哪裡去！」

「我本來很敬重你，不想為難你，但是你實在是太惡劣了，由不得我不對你下狠手！」

「你現在回頭還有機會，我或許還能饒過你，不然的話，就休怪我對你無情了！」

我說的話半真半假，我並不願傷別人的性命，但是他對我的做法又讓我沒有饒過他的理由，所以，我真心希望他能改過，他如果能夠乖乖交出解藥，再真心道個歉，我還是會饒過他的。可惜的是，他自己斷送了唯一的生存希望，他一意孤行地向前狂奔亂竄，壓根兒就沒有悔過的意思，這就徹底把我惹火了！

「你以為我真的追不上你嗎？你已經把最後的機會浪費掉了，你就等死吧！」我冷喝一聲，猛地加快腳步向他追去。

趕屍匠驚恐地回頭看了一下，發現我提升了速度，驚得渾身顫抖。他咬牙冷哼了一聲，做出了一個相當喪心病狂的舉動。他側身一撲，鑽進了荊棘灌木叢中。

我不覺一愣，一時間沒敢追進去。這些長滿倒刺的灌木叢又深又密，高度已經到肩膀了。這是很可怕的死亡禁地，在裏面走，低頭很難穿行，辨不清方向，而如果抬頭的話，脖子可就要被那些倒刺荊棘千刀萬剮了。

趕屍匠之所以這麼做，也是走投無路了，他想用這個辦法躲過我的追蹤。但是，他想錯了，我天生就是個不怕疼的人，我的意志是常人難以做到的。看清楚他的逃跑方向後，我深吸了一口氣，也鑽進了荊棘灌木之中。

「嘶——」我乍一鑽進去，手臂上立時就被倒刺扎了好幾下。我吸了一口冷氣，心中火氣愈加狂盛，發出一聲怒吼，整個人像衝浪一般排開荊棘叢，奮力向前衝去。

趕屍匠回頭看到我的舉動，再次一驚，他有些不敢置信地哀嘆了一聲，接著一彎腰，如山貓一般快速地沿著荊棘叢躥下去了。

我冷眼一看，頓時發現他的異常之處了，他身上似乎有一層東西，那東西油光滑亮，像一張皮革。他把那東西蒙在上半身，沿著灌木叢往前衝，那些荊棘倒刺就傷不到他了。

我不覺心裏一嘆，難怪這混蛋一直不肯投降，原來他早有準備，就是要利用這荊棘叢擺脫我。

「該死！」看到他輕鬆自在地前進，我氣得牙齒都咬得咯咯響了。我可沒有油皮遮擋，硬闖過來的啊，我靠，你這個混蛋，等老子抓住你，不把你千刀萬剮，我就不姓方！

「嘿！」我急怒交加，不再保留力量，整個人拔地而起，一躍兩米高，向前飛出整整一丈遠，立時拉近了和趕屍匠之間的距離。

「哎呀！」趕屍匠驚得一聲怪叫，連忙俯身向前急速躥去，一會兒就不見了蹤影。

「哪裡跑！」我一聲冷喝，使出全身力氣，一步一躍，向前躥跳過去。

我的速度提升了，但是被那些木刺扎得也更加厲害了，大腿上的褲子已經撕破了，皮肉上都是血淋淋的口子。

這是我出道以來最狼狽的時刻，趕屍匠讓我再次重新清醒地認識了自己。奇怪的是，我找了大半天，居然沒能找到他，真的追丟了？

就在我猶豫的時候，瞥眼看到前方荊棘叢的盡頭似乎有一個黑影。我精神一振，飛速衝了過去，這才發現那只是一件掛在樹杈上的黑色長袍外套，外加一張鞣製得很油滑的牛皮。我有些疑惑，想不通趕屍匠怎麼把行頭丟在這裏了。

我用尺把黑色長袍挑起來看了看，發現長袍被撕扯得有些破爛了，那張牛皮的重量居然不輕。看來，那個傢伙是為了減輕負重，才故意丟棄這些行頭的。但是，這樣一來，他就沒法再回到荊棘叢裏去了。

我簡單地處理了一下身上的木刺和傷口，又衝進密林之中追了起來。

我一邊追，一邊小心地查看密林裏的樹葉和雜草，終於找到了一點腳踩的痕跡，弄清了趕屍匠逃跑的方向。我心裏一喜，抬腳瘋也似的追了上去。

我奔出了密林，來到一個山包上，發現已經到了冷水河邊。我一直追蹤的腳印消失了，河岸邊有一條小路，那個傢伙可能順路跑了。

我低頭仔細地看，土路上的腳步痕跡很亂，辨不清他往哪邊跑了，無奈之下，我只好向著趕屍客棧的方向追了過去，果然，沒追多遠，我就見到前面路上正走著一個身影。

我心頭頓時火起，大踏步趕了上去，手裏的陰魂尺也捏了起來，但是，當我走近的時候，才發現那是一個頭髮蒼白、身材佝僂的苗族老婦。老婦穿著襤褸的青布大襟，正拄著一根枯木拐杖，顫巍巍地向前走著。

我的突然出現，把老人家嚇了一大跳。她雙手抱著拐杖，有些驚慌地看著我，不停地對我點頭，說著苗語，似乎是在懇求我不要傷害她。

我連忙對她說：「老人家，不要怕，我不是壞人，我正在找一個人，你能聽懂我的話嗎？」

老婦對我點了點頭。

「嗯，老人家，我問你，剛才你有沒有看到這裏有一個人跑過去？他比我矮一點，是個男的，是你們苗寨的人，你看到了麼？」我問道。

老婦愣愣地想了一下，接著滿臉肯定地對我擺了擺手。我的心一沉，知道追錯方向了，連忙說道：「老人家，多謝了！」我回身沿著小路向相反方向急速追去。

我沿著冷水河邊的小道，一路攀山越嶺，穿林過溝，就算我體力很好，也累得夠嗆。讓我絕望的是，我追了大半天，卻再也沒有發現趕屍匠的任何蹤跡。他就這麼消失了！

確定已經把人追丟了，我氣得大罵一聲，喘著粗氣在河岸邊的一塊大青石上坐了下來，點了一根菸，一邊抽著，一邊整理思緒、思考對策。

現在，我想從趕屍匠手裏搞到解藥的計畫落空了，只能先回去等泰岳的消息了，要是他也沒有什麼收穫，那黑月兒他們就只有等死了。

一想到三個人可能就這樣沒了，我心裏對趕屍匠無比憤恨。我緊緊地攥著陰魂尺，心想，如果黑月兒他們過不了這一關，我就是把這苗寨大山翻過來，也一定要找到趕屍匠算賬！

我恨恨地起身，擰滅菸頭，轉身向來路走去。

我忽然想到，趕屍匠雖然逃走了，那個女孩還在趕屍客棧裏，她好像精神有問題，估計不懂得逃跑，客棧的掌櫃也認識趕屍匠，如果我能抓住他們的話，也許能夠問出趕屍匠的消息！

當我終於回到趕屍客棧，發現院子裏空空如也，那個女孩和客棧掌櫃都已經不在了。我哀嘆了一聲，無奈地搖了搖頭，準備歸隊了。

就在我轉身的時候，卻見到客棧大門走進來兩個人，正是泰岳和客棧掌櫃。只見泰岳一臉怒色，冷著臉擰著客棧掌櫃的手臂，一路拖著他往客棧走。

客棧掌櫃哭喪著臉，渾身顫抖，一邊走一邊低聲哀求道：

「小夥子，行行好吧，真的不關我的事，我什麼都沒做啊。你那個小兄弟去追那個先生去了，我也不知道他們去哪裡了。小夥子，你鬆鬆手啊，哎……」

「哼，實話告訴你吧，從一走進這個客棧，我就看透你了。你說你沒有傷害我的同伴，那你的傷是怎麼回事？難道不是和他對打的時候弄的？嘿嘿，要不是你這傷，我還就抓不住你了，前輩高人？」泰岳冷冷地說。

客棧掌櫃渾濁的老眼一滯，知道裝不下去了，無奈地搖了搖頭，接著眼珠一轉，繼續辯解道：「我的傷，嗨，都是剛才摔的，我這一把老骨頭，摔一下當然傷得很重了。小夥子，你，你就放過我吧，別為難我了。」

我走出房間，悠悠地說：「老人家，你的傷真的是摔的嗎？」

「啊?!」突然見到我，老掌櫃不覺驚叫了一聲，接著眼神一暗，絕望地低下頭，不說話了。

「方曉，你在這裏就好了，你那邊的事情怎麼樣了？」泰岳連忙拖著老掌櫃，走上來問我。

我微微皺了皺眉頭，搖了搖頭：「讓他逃掉了，不過，也沒關係，這個掌櫃和趕屍匠是認識的。」我瞇眼看向老掌櫃問道：「老人家，願意幫我這個忙不？」

「我，我，」老掌櫃臉色有些難堪地咂咂嘴，嘆氣道：「小兄弟，不是我不說，實在是我也不知道他的底細，我不騙你的，趕屍匠向來都是行蹤詭秘的，我開店，他住店，沒什麼交情，一切都是按照規矩辦事的，所以，我真的不知道。」

「哼，你會不知道？」泰岳冷笑一聲，「老傢伙，你不要以為我們好騙，這裏的規矩，沒有我不懂的。趕屍匠再神秘也要接活計的，他們要是身分不明，行蹤詭秘，人家怎麼找他做生意？你別告訴我，你不知道住店要看腰牌的規矩。你要是沒看過他的腰牌，怎麼會讓他住店？你既然看過他的腰牌，又怎麼可能不知道他是誰？你們根本就不是第一次見面，你們會不熟？」

老掌櫃臉如死灰，他渾濁的老眼無奈地看著我們，哆嗦道：「我，我，真的不能說，求求你們饒過我吧。」

「哼，饒了你，那又有誰來饒過我們的同伴？他們都中了奇毒，馬上就要死了，你知道嗎？」泰岳憤怒地吼道。

「對不起，我給你們磕頭道歉，我，我，真的不能說。」老掌櫃真的要給我們跪下磕起頭來。

「起來，你裝什麼可憐呢?!」泰岳冷酷地將老掌櫃從地上拎起來，一捏他的肩頭道：「今天你說也得說，不說也得說，不說的話，我就拆了你這把老骨頭！」

泰岳手上發力，捏得老掌櫃的骨頭咯咯響。

「唔——咳咳——」老掌櫃緊咬牙關，疼得滿頭大汗，依舊緊閉著嘴，一言不發。

我不覺心生同情，連忙制止了泰岳。

「這老傢伙骨頭硬，不給他一點顏色看，問不出實話的，你太心慈手軟了。」

泰岳連忙提醒我。

「我心裏有數的，你先把他放開，我來和他說幾句。」我給老掌櫃遞了一根菸，幫他點上，對他說道：「老人家，既然你不願意說，我也不為難你。我就不問趕屍匠的事情了，你只告訴我，那個假裝殭屍的女孩在哪裡？她的精神不正常，自己根本不會逃跑，是你把她藏起來了，對不對？」

老掌櫃再次滿臉蒼白，有些驚恐地瞪大眼睛看著我，哆嗦著嘴唇，沙啞著嗓子說：「小兄弟，我求求你，不要傷害她，她是個苦命的娃——」

「你放心，我不會傷害她的，你只要說出她在哪裡就行了。」我瞇眼說道。

「不，這個，這個我更不能說了，你們，你們殺了我吧。」老掌櫃「撲通」一聲跪了下來，竟然更加決然地做好了就死的準備。

我和泰岳面面相覷，都很無奈。泰岳捋了捋胳膊，就要發作，我連忙伸手擋住他，說道：「對老人家還是尊重一點為好。我相信他肯定有苦衷，不會無緣無故坑我們的。」

「再有苦衷又怎麼樣，現在是三條人命捏在他們手裏啊，你可不能因為他的可憐相就心軟了啊，對敵人的同情就等於對自己的殘酷，你明白嗎？」

我點了點頭，彎腰把老掌櫃扶起來，皺眉看著他說：

「老人家，既然你這兩個事情都不願意說，那我就只求你一件事情吧。你能不能告訴我，這附近哪裡有顛倒金銀花？這是我那些同伴中毒的解藥。你要是能幫忙救了我的同伴，你的大恩大德，晚輩會銘記在心，永生不忘。」

我對著老掌櫃跪了下去，「老人家，算我求你了，我的同伴都是無辜的，如果你不幫我們，那不就等於你殺了他們嗎？」

「我，我，哎，小兄弟，我，我真的不想殺他們的，對不起，我真的沒想害他們。」老掌櫃有些自責地落下了淚，長嘆一口氣道：「算了，小兄弟，既然你這麼說，我也不能不幫你了。你說的顛倒金銀花，我真的不知道哪裡有。但是，我知道有個地方有這種毒的解藥，你們可以去找找看。」

「老人家，那太感謝你了。」我滿心驚喜地站了起來，握著他的手。

老掌櫃有些尷尬地咂咂嘴，歪著頭，附到我耳邊低聲說：

「對不起，小兄弟，我還是不能告訴你。不過，我會給你那三個同伴賠命的。我一把老骨頭了，也只能這樣了。」

老掌櫃突然抬手丟了一粒藥丸在嘴裏，接著全身一僵，兩眼一翻，直挺挺地向後倒去，身體一陣抽搐，七竅流血，死過去了。

我怔怔地站著，張著尚有餘溫的雙手，不敢置信地看著地上已經死去的老掌櫃，好半天都沒能反應過來。我沒有想到，這個老掌櫃居然甘願為了那個趕屍匠付出自己的性命，他們之間到底是什麼樣的關係？

「我都說了，這老傢伙不好對付的，哎，現在唯一的希望也沒了。」泰岳走上來拍拍我的肩膀，無奈地嘆了一口氣。

「我不想逼死他的，他，他為什麼要這麼做？」我痛苦地抱著腦袋蹲了下來。

「你別自責了，他自己心裏愧疚想死，你還能擋得住嗎？」泰岳不屑地說，把我拉了起來，一起向外面走去。

「我們去哪裡？」我有些回過神來，問道。

「歸隊。」泰岳回頭看了一眼老掌櫃的屍體，「還要準備給那三個傢伙送喪，我估計他們活不了多久了。」

我立時渾身一激靈，徹底清醒了過來。我掙開泰岳的手臂，轉身向老掌櫃的屍體走過去。

「人都已經死了，你還看什麼啊？」泰岳皺眉道，「我們還是趕緊離開這裏才好。苗疆的人很排外，要是他們看到這個老傢伙死了，估計會栽贓到我們頭上。到時候，他們一起衝出來，我們恐怕連命都保不住了。」

「不，我們還不能走，老人家雖然不是我們殺的，但是他的死，我們也有責任，我們不能就這麼把他丟在這裏。我們好好搜查一下，說不定還能發現一些線索。」我將老掌櫃的屍體橫抱起來，放到堂屋的桌上，便開始搜查他身上的東西。

老掌櫃的衣服很破舊，髒兮兮的，口袋裏裝著旱煙和一些草紙，還有小藥瓶。我把他的衣兜都翻遍了，有些絕望地嘆了一口氣，對泰岳搖頭道：

「看來他早就想到這一點了，把能夠提供線索的東西都丟掉了。我們還是走吧。」

「讓我來看看，我以前緝毒的時候，經常查驗屍體上的物件，有些人會把東西藏在非常隱蔽的地方，比如耳孔、肛門，甚至吃到肚子裏。」泰岳把老掌櫃的衣服都扯了下來。

老掌櫃的身軀露了出來，裏面只穿了一條黑色大褲衩，泰岳一把將大褲衩也扯了下來。我不忍心看，扭頭向門外看去。泰岳卻冷笑一聲：「果然在這裏。」

「發現什麼了？」我連忙回頭去看，才發現他把那條大褲衩翻過來了，裏面有一個貼身小布兜。

「裏面有什麼？」我問道。

「有一塊手帕。」泰岳掏出手帕，失望地遞給我：「沒有什麼用處。」

「我看看。」我接過手帕，展開來，不覺皺起了眉頭。手帕上有手工刺繡的圖案，讓我有些浮想聯翩。

「怎麼樣？」泰岳低聲問道。

「大概有點眉目。」我將手帕遞到泰岳面前，「你看這上面繡的東西。」

「嗯？竹林、喇叭花、岩石、河水。」泰岳皺眉看了看，「還有一行字，冷水長青如絲愁，月陰雲淡夜微涼。咦，奶奶的，看來是讀書人啊。」

「是不是讀書人，咱們不用管了，我要告訴你的是，這上面繡的不是喇叭花，而是顛倒金銀花。」我說道。

「什麼！你怎麼知道？」泰岳非常吃驚。

「你看，這花的葉子很小，和牽牛花不一樣，再看它的花色，花苞是黃線繡的，而那些盛開或者開敗的花則是白色的。所以，這是顛倒金銀花。最妙的是這兩句詩，提示了顛倒金銀花就在冷水河邊的長青走廊裏。」

「冷水長青如絲愁，月陰雲淡夜微涼——」泰岳不禁一拍手道，「你說得對，就是長青走廊，絕對沒錯。終於找到了，這次可把老子給憋得夠嗆啊！」泰岳心情激動地大罵起來。

「沒想到這老傢伙還挺騷的，竟然在內褲裏藏了一塊女人的手帕，照我看啊，他肯定有個老姘頭，嘿，說不定就是趕屍匠的老婆。不然的話，他沒理由為了趕屍匠去死。」我和泰岳一起騎著驢子往隊裏趕，泰岳一邊走，一邊譏笑地說道。

我心裏有些不舒服，覺得泰岳有些誤解了，至少，在我看來，老掌櫃為人還是不錯的。

「你不要說他了，人都已經死了。我覺得他應該不是那樣的人，他可能真的有相好的女人，但是肯定不會是趕屍匠的老婆。不然的話，他就不會維護那個趕屍匠了。」我分析道。

泰岳皺眉沉思道：「和他相好的人，多半就是那個老婆子。」

「什麼老婆子？」我有些好奇。

「就是一個白頭髮、弓背彎腰的瘦小老太太，估計是附近寨子的，我進客棧的時候，她正從客棧面前路過，我好像聽到她和那個老傢伙說話來著，不過沒能聽清他們在說什麼。後來那個老婆子走了，她身邊還跟著一個女孩。」泰岳隨意地說道。

我呆愣了一會兒，腦子才轉彎來，問道：「那個女孩多大年紀？」

「也就十六七歲，一直扶著老婆子的手臂，我看她的身形和趕屍匠帶來的女屍很像。」泰岳猛然一滯，驚愕地問道：「不會真的是那個女屍吧？你好像說過那個女屍是假的？」

我點頭道：「那個女屍根本就是個活人。她精神有點問題，所以才演得很逼真。」

「那我們現在怎麼辦，去找那個老婆子？」泰岳皺眉問道。

我搖頭道：「找也找不到的。如果我沒有猜錯，那個老婆子和他們也是一夥的，這會兒肯定早就藏起來了。長青走廊，我們是不得不走一趟了。」

我抬頭看著前方那一蓬青蔥茂密的竹林，皺起了眉頭。

第五十八章

毒寨尋藥

「嘿！」我猛然被襲，小腿就被咬了一口。

蛇一口咬完，立刻縮了回去，瞪著兩隻三角眼盯著我。

我的腿上傳來一陣麻木的刺痛，掙扎了好半天才緩過勁來。

我打開手電筒一照，發現那是一條巨大的青竹絲。

日頭快要墜到地平線底下的時候，我和泰岳才回到宿營地。我們把情況對大家說了，並且說我們要趁夜去長青走廊。大家無奈地皺起了眉頭，他們有些愛莫能助的意思，畢竟他們不像我和泰岳那樣不畏劇毒。

「就你們兩個人去，太危險了，我和你們一起去，我有槍，關鍵時刻可以派上一點用場。」二子拉著我們坐下來，給我們遞水遞乾糧。

我說：「不行，你不能走，你要保護大家的安全，這次的事情，你就不要摻和了，交給我和泰岳吧，我們會想辦法把解藥拿到手的。」

「嗯，苗人排外，而且山林裏豺狼很多，你千萬不能離開。」泰岳也說道，「我們趁夜摸進去，動靜不大，應該不會出什麼問題的。你放心好了。」

「好吧，那辛苦你們了。」二子站起身點了根菸，對其他人說：「各位要輪班站崗，這荒山野嶺的，不站崗肯定不行的。」

奔波了一整天，身體疲乏到了極點，我躺下來後，幾乎馬上就睡著了。我做了一個很奇怪的夢，發現自己身處一片無邊無盡的黑暗之中，四周一雙雙綠瑩瑩的三角眼睛望著我，我驚恐得想叫喊，卻發不出聲音，我想逃跑，卻走不動路，低頭一看，自己是一個幼小的嬰兒，有一雙溫暖的臂膀正護著我，替我擋住那些恐怖的眼睛……

就在這時，我被叫醒了。我連忙起身準備出發。

這一次，我們不騎驢子。泰岳走夜路的經驗很豐富，他在前頭帶路。我的腦海裏一直回想方才的夢，越想越覺得奇怪，因為那夢境給我的感覺很熟悉，卻又遙不可及，似乎是前世發生的事情一般。

「喂，你說的那個顛倒金銀花，會長在哪裡？」泰岳問道。

「這種花很嬌氣，需要精心呵護，野生很難存活，所以，除非是有人的地方，不然肯定找不到，我們要是能找到人家的話，應該就差不多了。」

泰岳說道：「這裏是那個烏大姐的地盤，應該沒有其他人住，我看，這花多半也是她養的。我看那個下毒的人，多半就是她的同黨，不然的話，幹嘛來害我們？他們多半是衝著黑月兒來的。」泰岳分析道。

夜色微涼，竹林裏霜濃露重，風氣襲人。我和泰岳小心翼翼地穿過了密匝匝的竹林，來到林中的一條小徑上。

「這兒的蛇真不少。」泰岳把一條剛剛還咬了我一口的青竹絲捏扁了腦袋丟出去，拿手電筒照了照路：「順道走，應該能找到人家。」

我發現這片竹林陰氣森森，很是淒冷，皺眉道：「這兒不是很太平，我們還是小心為妙。」

「放心吧，出不了多大事的，他們再怎麼厲害也不過是江湖術士，能翻起多大風浪？」泰岳不屑地說，大搖大擺地就走下去。

我見到他這麼不以為然的樣子，不禁對他的身分感到好奇。這傢伙一開始裝出一副木訥的樣子，後來卻漸漸張揚起來，不但愛恨分明，而且極為自負。

我三步兩步跟上他的腳步，試探道：「你認識一個叫趙山的人不？他也是當兵的。」

泰岳有些奇怪地看著我：「他在哪邊當兵的？我沒有聽過這個名字。」

「哦，看來他和你不是一起的了。」我又問道，「那你認識鐵子不？」

泰岳瞇眼看著我，皮笑肉不笑道：「你小子到底想說什麼？你有話直說，不要拐彎抹角的。」

「好，那我就直說了。」我冷冷地看著泰岳，「你給我的感覺，和我記憶中的一個人非常像。你們除了長相之外，就連性格都幾乎完全一樣。難道你不覺得這個事情非常詭異嗎？」

「這很正常啊，當兵的都是這性格，很奇怪嗎？」泰岳含笑問道。

「好，就算你說的是真的，那你敢不敢讓我摸摸你的臉？」我冷笑道。

「你要幹什麼？」泰岳皺眉問我。

「我想看看你的臉皮能不能撕下來，因為，曾經有個人的臉皮不小心撕下來了，結果我就看到了他的真面目。」

我繼續冷眼看著泰岳，想從他的神情中尋找到一點破綻。卻不想這傢伙臉上除了疑惑之外，沒有別的神情。我想，如果他真的是易容假扮的，那他的表演可真的是爐火純青了。

「好吧，你要撕我臉皮是吧？來，我讓你撕撕看。」泰岳有些火大，把臉湊到我面前。

我哪裡能放過這個機會？我一伸手就捏住了泰岳的腮幫子，狠命地往上拽，想看看他臉上是不是真的有一層人皮面具。

「疼死老子了！」泰岳猛地掙開我的手，一手捂著臉，一手打著手電筒照我：「你還真撕啊，你是不是心理變態啊？」

我見到沒能把他的臉皮撕下來，心裏也開始懷疑自己了，暗想可能確實是他們當兵的個性都很相似，所以才給我那種錯覺。

「呵呵，是我錯了，行了，這下我不懷疑你了，走吧，我們趕緊找解藥去。」

我轉身向前走去。

「你真是神經兮兮的。」泰岳無奈地嘟囔了一句，抬腳跟了上來。

我們漸漸深入竹林深處，四周的氣氛變得更加陰森，頭上都是黑壓壓的竹葉團，風過時沙沙作響，分外淒涼。

竹林小路漸漸變寬了一些，地面也變得平整硬實了，這路還是經常有人走動的。我和泰岳都提高了警惕。

天上沒有月亮，我們只好一直打手電筒，這其實是非常不明智的，手電筒的光亮會讓我們暴露。但是，我們現在顧不了那麼多了，只好聽天由命，就這麼直愣愣地往前闖。

前面竹林裏突然閃起了一點星火。我和泰岳同時關了手電筒，半蹲下來。

「看來前面就是了。」泰岳低聲說，「咱們朝著火光摸過去，他們應該還沒有發現我們。」

「說不定有機關。」我沉吟道。

「你在後面跟著我。」泰岳抽出匕首倒握在手裏，彎腰弓背，扶著竹林向前摸去。

前面的火光越來越清晰了，泰岳停了下來，拉著我蹲下身道：

「等下過去之後，我出面敲門和他們交涉，你躲在暗處先不要出來，我們一明一暗，到時候也好照應。」

我深以為然，點頭道：「那你小心點，千萬不要著了道了。」

「放心吧，你見機行事，可不要錯過機會。」

這時，傳來了一陣「嗡嗡嗡嗡」的聲音，說遠不遠，說近不近，感覺很奇怪。

「你有沒有聽到什麼聲音？」我有些疑惑地問道。

「好像有很多蒼蠅在飛。」泰岳說，「你也聽到了？」

「我感覺好像是自己耳鳴了，這聲音感覺不是很好，哎呀！」我腮幫子上突然像被針扎了一樣，一陣刺痛，我迅速朝臉上一拍，一下子按到了一小團木花花的東西，捏在手裏，好像是一種昆蟲。

「小心，有蟲子咬人。」我連忙低聲警告泰岳。

泰岳已經發出了一聲悶哼，一抓我的手臂，急速向後退去：「是馬蜂！」

「啊？」我這才明白剛才的嗡嗡聲是怎麼回事，我的身上又被扎了好幾下，接著就感覺到漫天蓋地都是指頭大的毒馬蜂在飛。

泰岳也被蜇得不輕，他一邊往後退一邊扯背包裏的衣服，四下掃動起來。

「蓋住頭，這種毒馬蜂晚上能看到東西，白天反而是瞎眼毒蜂，苗疆林子裏有很多這種馬蜂，晚上襲擊人畜，被蜇得多了，能中毒死掉的！」

我連忙豎起衣領，遮住大半個臉，迅速掏出陰魂尺，屏氣凝神後四下一揮，一道冷氣射出，四周的馬蜂瞬間下雨一般落到了地上。

「你真厲害。」泰岳連忙縮身到我身邊，「你這是什麼寶貝？」

「一件小法寶而已。」我凝神閉眼，細聽毒馬蜂的聲音，覺察到牠們又迫近了，就再次揮舞陰魂尺，陰尺氣場再次擊落了一大片馬蜂。

反覆幾次之後，我們四周落滿了毒馬蜂，餘下的也察覺到我手裏法器的厲害，在外圍逡巡飛舞著，不敢再上來了。

「走！」我果斷拉起泰岳，不多時就穿過竹林，走出毒馬蜂的荼毒範圍，來到距離林中燈火只有一射之地的位置。

借著微弱的天光，我們已經可以看到前方有一棟掩映在竹林之中的苗家院落。竹樓黑魆魆的，如同一隻臥伏的怪獸，有三層高，那盞一直給我們指路的燈火在最高一層。我和泰岳互相點了點頭，泰岳獨自走了出去。我悄悄摸到他側後方的一個竹叢裏，伏身藏了下來。

泰岳沿著青石小路走到院門前，四下看了看，並沒有急著去敲門。竹樓的院牆都是竹子做的，院門也是一扇竹門，顯得有些單薄，其實不敲門也可以進去的，但我們是來找解藥的，如果這院子的主人願意直接把解藥給我們，豈不是省去很多力氣？

我抬頭向竹樓上看去，樓上窗口的淡淡燈火光亮中，我赫然看到一個身材窈窕、長髮輕挽、穿著一身月白色長裙的少女，正倚欄站在三樓窗戶向外看，她似乎並沒有發現我們。

我看到她微微側身，竟然悠悠地嘆了一口氣，神情很落寞。我的心裏「咯登」一下，認出她是誰了。

我連忙站起身，想向泰岳發警報，泰岳卻已經拍了院門，對著院子喊道：「請問，有人在家嗎？」

見泰岳暴露了，我只好伏身下來，繼續隱藏。

泰岳的聲音驚動了樓上的少女，她皺眉向下看了看，用漢語問了一句：

「你是誰？是嘉辰嗎？你是來接我回家的嗎？」

「嗯？」泰岳一愣，沒明白少女的話是什麼意思。他下意識地向我藏身的地方望了望，我暗暗對他擺了擺手，表示我也不懂。

泰岳只好硬著頭皮繼續說：「你好，我不是嘉辰，我叫泰岳，我們的同伴中毒了，不知道你們有沒有解藥借我們一點，深夜打擾，實在不好意思。」

樓上的少女靜靜地站了半天，才悠悠地說：

「既然你不是嘉辰，那你來做什麼？我不要你來，我只要嘉辰來，我等他等得好苦，他在哪裡？他為什麼不來找我？為什麼不來找我？」

「我靠，神經病吧，花癡！」泰岳有些無奈地嘟囔了一聲，更加大力地拍著竹門喊聲道：「喂，裏面還有沒有其他人？能出來開門嗎？」

泰岳等了半天，也沒人回答，只有那個少女一直癡癡地說著胡話。

「娘的，真是見鬼了！」泰岳心裏火起，他掏出匕首，插進門縫，一下子就把門後的栓條挑掉了，推開大門就走了進去。

「哎喲！」泰岳走進去沒兩秒鐘，突然一聲冷喝，整個人翻身跳出了大門。跟著他跳出大門的，還有另一道黑影。那個黑影似乎是一種野獸，比狗大一點，比獅子老虎小一點，軀體呈流線型，一看就知道非常矯健敏捷。

「嗚嗚嗚——」野獸低聲嘶吼著，向泰岳撲去。

泰岳剛從地上爬起來，根本來不及說話，就已經和那個東西滾到一起了。

「嗚嗚嗚——嘎——」那東西和泰岳在地上混戰廝打著，不時發出一陣陣嘶吼聲，也不知道戰況到底如何。

我連忙從藏身處跑出來，捏著陰魂尺向泰岳奔過去，想給他解圍。卻不想就在我奔跑時，突然眼角一晃，赫然看到三樓站著的少女居然已經爬到窗欄上站著了。

少女怔怔地望著遠處，不停低聲道：「嘉辰，嘉辰，你在哪裡？你為什麼不來找我？」她就要抬腳往下跳。

我吃驚不小，大叫一聲：「不要跳！」接著也顧不上泰岳，飛身衝進院子，向樓下跑去，準備去接住少女。

我剛來到樓下的時候，忽然感到側面生風，一條胳膊一般粗的大蛇突然從廊上向我躥了下來。

「嘿！」我猛然被襲，一時間沒反應過來，小腿就被咬了一口。

蛇一口咬完，立刻縮了回去，瞪著兩隻三角眼，仰頭在廊上盯著我，似乎在等著我中毒倒地。我的腿上傳來一陣麻木的刺痛，掙扎了好半天才緩過勁來。

我打開手電筒向廊上一照，發現那是一條巨大的青竹絲。

我還是第一次見到這麼大的青竹絲。一般來說，這種毒蛇能夠長到兩米長就已經很難得了，但是我面前的這條卻足足有三四米長，簡直就是蛇王了。

大蛇再次對我發動了攻擊，牠特地繞到了我的側面。我冷笑一聲，手裏的陰魂尺閃電般揮出，準備一擊致命，把這條大蛇了結掉。

可是，人算不如天算，就在我以為自己勢在必得時，眼前一個重重的身體砸到了我的身上，一下把我壓倒在地。

我的身體是前傾的，被這麼一砸，臉著地地砸了個眼冒金星、滿臉麻木，感覺肋骨似乎也被壓斷了好幾根，痛苦難當。

「嘉辰，嘉辰，你在哪裡？」壓在我身上的人總算站了起來。她繼續癡癡地說著話，一路向外面走去。

「小姐，你好歹也說個謝字啊！」我咬牙翻身，欲哭無淚地看著少女的背影，真是無奈到了極點。這時，一個黑黑的三角形腦袋伸到了我的臉上。

大蛇居然也會落井下石，我靠，畜生！我頓時驚醒過來，連忙就地一翻滾，陰魂尺閃電般戳出，向大蛇的身上點了過去。

「嘶——」大蛇倒是挺刁鑽的，似乎察覺到了陰尺氣場的厲害，竟然一掉頭，迅速逃走了，不再和我糾纏了。

我咬牙收拾了一下心情，蹣跚著腳步向門口走去，準備去看看泰岳的情況。

我剛抬腳，手電筒光芒一掃，卻突然看到牆角的地方長著一叢金白相間的小花。我仔細看那花的顏色，發現花骨朵都是黃色的，盛開的花朵則是白色的。顛倒金銀花?!

我心裏一陣狂喜，也顧不上泰岳和少女了，我飛身上去，張開衣兜，採了一大把花朵。

這時，一個人影從大門口衝了進來。我抬起手電筒一看，只見泰岳全身是血，正捏著匕首呼呼喘著粗氣，他手裏拖著一條黑乎乎的東西。

泰岳費力地將手裏的東西丟到地上：「居然是一頭豹子，老子差點就著了道，這狗東西真狠辣，專門咬脖子，呸！」泰岳對著那個黑影又踢了一腳。

我用手電筒一照，果然是一頭全身佈滿金錢斑點的花豹。豹子此時已經被開膛破肚了，流了一地的血，情狀很慘，但是牠還在四爪亂抓著，似乎還想咬人，可見這東西不是一般的烈性。這也就是遇到了泰岳，換成其他人，八成就被牠咬死了。

我有些擔心地問道：「你沒受傷吧？」

「沒事，被抓了幾下而已。」泰岳收起匕首，掏出繃帶，一邊往手臂上纏，一邊問道：「你有什麼收穫？」

「解藥已經拿到了，我們趕緊回去吧。」我把衣兜裏的顛倒金銀花給他看。

泰岳也喜上眉梢道：「果然沒有找錯地方，還蠻順利的，娘的，這地方也不像他們說的那麼恐怖嘛。」

「我總感覺事情有些不對頭，到現在為止，我們還沒見到那個烏大姐，她應該是正好出門去了，所以我們才這麼順利。」我發現少女的身影已經不見了，又問道：「你有沒有看到一個女孩從這兒走出去？」

「就是那個花癡吧？她朝左邊的林子走了，不知道她要幹什麼。」泰岳包好傷口，點了一根菸。

「她大概精神受過刺激，她就是在客棧裏假裝屍體的那個女孩。」

「啥？」泰岳一愣，疑惑道：「她不是被人帶走了麼？怎麼會出現在這裏？」

「所以我才覺得這裏的情況不太對勁，我們的行動太順利了，讓我心裏有些發虛。我們還是趕緊回營地吧。」我加快了腳步。

泰岳也快步跟了上來，我們小跑著向竹林趕去。

就在我們悶頭趕路時，側面的林子裏傳來了一聲淒厲的尖叫，接著聽到一陣哭泣和廝打的聲音。我和泰岳都猛然一激靈停了下來。

「這什麼情況？」泰岳不解地問道。

我立刻就明白是怎麼回事了，一拉泰岳道：「快，是那個女孩，她被馬蜂蜇了！」

「哎呀，我靠，還真有可能，趕緊看看去！」

我們很快就來到了那些瞎眼毒蜂的聚集地，借著手電筒的光芒看到的情形，讓我們都倒抽了一口冷氣。這時我們才發現，四周的竹子上面，居然掛滿了毒蜂巢，上面鼓鼓囊囊地爬滿了毒馬蜂。有些毒蜂已經開始向我們衝了過來。

我連忙掏出陰魂尺，一邊揮舞著一邊前進，終於在林子中間找到了被毒蜂螫咬得正在地上號叫打滾的女孩。

「你開路，我來背她！」泰岳上前一把將她拖起來背到背上，跟著我就向外跑。

我揮舞著陰魂尺開路，驅散了毒蜂，領著泰岳一直衝到了竹林小路上，這才氣喘吁吁地停了下來。

泰岳將女孩放了下來，回身拿著手電筒一照，無奈地低哼了一聲，我也低頭看去。只見女孩此時整張臉腫得像豬頭一樣，五官已經完全走樣了，根本就認不出原來的樣子，看著讓人觸目驚心，此時她已經昏迷過去了。

「怎麼辦？」泰岳有些為難地問我。

「帶上她，一起走。」我果斷地說。

「為什麼要帶著她？白白增加一個累贅。」泰岳不解道。

「帶著她未必是累贅，說不定還會有意想不到的作用。」我說道，「那個烏大姐是一個隱患，一旦她發現我們，可能就會對我們採取一些狠辣手段。這個女孩既然是她的人，我們帶著她，說不定可以用來要脅烏大姐。而且，這個女孩和趕屍匠的關係也不一般，等她醒過來，我們好好問一下，說不定還能套出趕屍匠的底細。我不找出他來出口惡氣，心裏不舒服。」

「好吧，那你在前面引路。」泰岳重又將女孩背了起來。

沿著來時的舊路，我們很快出了竹林，向隊伍宿營的地方看去，發現樹林裏的篝火還在跳躍著，心頭一喜，知道二子他們並沒有出什麼事情，頓時心情好了許多。

但是，我們還沒有走近營地，卻突然聽到營地中傳出一個沙啞的聲音：

「烏老三，識相的就趕緊滾開，不然我就把你們烏家連根拔起！」

聽到那個聲音，我和泰岳同時一愣。

「是那個混蛋！」泰岳一把將女孩丟到地上，一下抽出了匕首。

「看來他一直在跟著我們，走，看看去，這次他再想跑，可就難了！」我聽出了那個聲音是趕屍匠的，陰魂尺早已捏在了手裏。踏破鐵鞋無覓處，得來全不費工夫，我正愁沒處找你呢，你自己倒是送上門來了！

我心裏冷笑著，和泰岳一起摸到營地旁邊，向裏面看去。看清楚狀況後，我和泰岳一齊愣住了。

我們發現，營地中並沒有趕屍匠的身影，卻站著一個拄著拐杖的白髮佝僂老婦，她正滿臉陰鬱地看著站在對面的烏老三。烏老三也冷眼看著老婦，手裏握著一根手臂粗的竹子，正和她對峙著。

「大姐，她不是我們烏家的人，我希望你能放過她，如果你要殺我，儘管動手，我不會還手的，但是你不能傷害她。」烏老三沉聲說道。

我和泰岳對望了一眼，眼神都很迷茫。難道說，這個老婦就是烏大姐？這怎麼可能呢？烏老三不超過三十歲，他的大姐就算年紀再大，也不可能是一個老婦啊？這個老婦少說也有八九十歲了，當他的奶奶還差不多。

「嘿嘿，烏老三，你不要以為我捨不得殺你，我實話告訴你，你們烏家的那個大姐，十年前就已經死了，現在站在你們面前的人，是和你們烏家勢不兩立的竹葉蛇王，我殺你們烏家人，那是天經地義的，你識相的話就趕緊滾開，否則可別怪我心狠手辣！」老婦又用沙啞的聲音說話。

我立刻認出來，這就是趕屍匠的聲音，心中立時驚悟過來，總算明白這一切是怎麼回事了。在趕屍客棧假扮趕屍匠的人，應該就是這個老婦，也就是烏大姐。而她之所以這麼做，是為了試探情況，她知道黑月兒想要對付自己，就以為我們都是黑月兒請來的人，所以，她喬裝打扮，借機對我們放毒，擺了我們一道。

當時我在路上追丟了趕屍匠，然後遇到了一個苗族老婦，其實她就是趕屍匠。

我當時沒認出她來，所以把她給放過了。她給我指了錯誤方向之後，回到了趕屍客棧，帶走了女孩。

這一連串的計畫和手段，都是這個瘦乾巴的老婦所為，想想都讓人覺得狡猾刁鑽，但是又不得不真心嘆服。我再次冷眼打量這個白髮老婦，對她的好奇越來越重了。這個女人到底遭遇了什麼事情，居然變成了如此蒼老的模樣呢？

篝火冉冉，營地裏只有烏老三和烏大姐站著，其他人都躺在了地上。我和泰岳心裏無比焦急，心有靈犀地左右分開，一起向著烏大姐圍了過去。

「烏老三，看來你是真的不想活了啊，既然如此，我就成全你！」烏大姐舉起拐杖，猛地砸到烏老三的手臂上。

烏老三悶哼一聲，捂著手臂向後退了一步，蹲下身來，卻還是擋住了身後的那個帳篷，那正是黑月兒躺著的地方。

「怎麼樣，爛肉水毒的感覺如何？」烏大姐冷笑道。

見烏大姐如此喪心病狂地對烏老三下了狠手，泰岳按捺不住心中的憤怒，他冷哼一聲，率先衝了出去，擋在烏老三身前，瞪著烏大姐道：

「老婆子，沒想到你居然這麼狠，自己的親弟弟都下得去手！」

烏大姐一驚，冷眼看著泰岳道：

「你們居然已經回來了，看來今晚這個事情，是沒法讓我稱心如意了，既然如此，我就送你們一起走！」

烏大姐從懷裏掏出了一根竹笛，吹了起來。泰岳面色一驚，快速向烏大姐奔過去，同時對我招手喊道：「快動手，這是御蛇笛！」

我一愣，立刻想起烏大姐的名號，心裏一沉，連忙衝了過去，喊道：「前輩，這一次，你可是跑不了了！我倒要看看，你還有牛皮頂著不！」

「哼！」烏大姐冷笑一聲，快速向後退去，躲開了我和泰岳的撲擊，停下笛子，冷笑道：「你拿到顛倒金銀花了，對麼？你是不是以為你拿到了那些花，就可以救活他們了？」

「你是故意引我們去你那裏摘花，自己跑來襲擊我們的營地，是不是？」我冷眼皺眉問道。

「不錯，算你還有點腦子，不過，現在你拿到顛倒金銀花也沒有用了，他們現在都中了我的毒蜂蠱，沒有我的解藥，他們休想活過三日。你要是不想救他們，儘管對我動手，我死了，他們也跟著一起陪葬！」烏大姐臉上儘是得意的神情。

「這老太婆真他娘的狠毒，她這是要脅我們！」泰岳低聲道。

「前輩，你為什麼非要和我們過不去，我們到底哪裡得罪你了？可以告訴我們嗎？」我問道。

「你居然問我這個，那我問你，我哪裡得罪你們了，你們非要幫那個賤人來對付我？」烏大姐看了看烏老三身後擋著的那個帳篷。

「這麼說來，你是因為我們要幫黑月兒姐姐對付你，所以才找上我們的，是麼？」我緩和了神色說道，「你完全誤會了，我們是有別的事情要做，恰巧路過這裏而已，黑月兒姐姐只是給我們當嚮導罷了。我們壓根兒就沒有幫她對付你。」

「嘿嘿，小子，你以為我會相信你的話嗎？你可別忘記了，你這一招，我可是剛在你身上用過的。」烏大姐滿臉不屑道。

我感到很無奈，知道她這種老江湖的心智早已扭曲，根本就不會相信一些單純的事情，只好嘆了一口氣道：「好吧，你不信就算了，我只問你，到底要怎樣才能放過我這些同伴，你說吧，只要不是太過分，我也可以考慮放過你。」

「哼，你聽好了，我的要求很簡單，你們把那個賤貨交給我，我立刻就放了你們的同伴。」烏大姐冷聲說道。

「不行，嫂子絕對不能交給她！」烏老三站起身，護住身後的帳篷。

「你混蛋！」烏大姐面色一寒，一甩手，一支帶著寒光的竹鏢向烏老三的咽喉飛射了過去。

「撲——」烏老三躲閃不及，只縮了一下腦袋，竹鏢就插到了他的臉上。

烏老三痛得渾身一抽，捂臉半跪了下來，掙扎地伸手去拔臉上的毒鏢，笨拙地掏出一些藥粉撒到了傷口上。

「哼，再說廢話，我讓你眼珠子都瞎掉！」烏大姐瞪了烏老三一眼，這才扭頭看著我問道：「小子，我的條件，你答應不答應？」

「對不起，我不答應。」我果斷地說。

「喂，你小子幹什麼？為了那個女人，把我們整個隊伍都搭進去，你瘋了？」泰岳緊張地扯了扯我的衣袖。

「你放心，我自有分寸。」我低聲說道，接著含笑看著烏大姐說：「你和黑月兒姐姐之間有什麼恩怨，我管不著。但是，現在黑月兒姐姐也是我的同伴，我不會幫她對付你，但是也不容許你傷害她。」

「哼，好小子，你真有情義，既然如此，那就讓你們這些同伴都去死吧，哈哈，我看你怎麼辦！」烏大姐冷笑一聲，轉身就要離開。

「別走！」泰岳一聲斷喝，快步擋住了她，橫握匕首道：「老太婆，你居然還想走，做什麼夢呢？你給我們同伴下了毒，你當我們是紙紮的人麼？」

「哼，不讓我走，那你又能怎樣？」烏大姐冷眼看著泰岳。

「廢話，當然是讓你交出解藥，你不交的話，別怪我心狠手辣，給你放血剝皮！」泰岳開始放狠話。

「哈哈哈，小夥子，你以為我老婆子白活了這麼大歲數嗎?實話告訴你吧，我早就活夠了。你不放我走，我也不會給你們解藥，你們要是威脅我，我直接死給你看，反正有你那些同伴陪葬，我還是賺了!」烏大姐有恃無恐，一臉唯求一死的神情。

泰岳愣了，一時間什麼辦法也施展不開，氣勢頓時就蔫了。

「這老太婆軟硬不吃啊。」泰岳收起匕首，看了看我。

我冷笑了一聲，走到烏大姐面前，看了看她，轉身對泰岳說：

「去把仙兒背過來，她不怕死，不怕折磨，那我們就折磨仙兒好了。」

「仙兒是誰？」泰岳好奇地問道。

「就是那個女孩。」我笑道。

「你等著，我馬上帶她過來。」泰岳轉身向樹林裏走去。

烏大姐不覺臉上變色，抬腳就想跟過去。我一伸手把她擋住了，冷笑道：「前輩，每個人都有弱點，你說對不？」

「你，你們，哼，沒想到你們居然如此狠毒，摘了花，拿了解藥，居然還把仙兒綁了過來，我真是低估你們的手段了。我不該把仙兒留在閣樓裏。」烏大姐有些洩氣。

「實話告訴你，我們並不是有意綁她過來的，是她自己從樓上跳下來的，後來又被馬蜂螫了，我們出於無奈，才把她帶回來的。不然的話，誰沒事願意添個累贅？」我瞇眼冷笑道。

「你，你說什麼？她，她跳樓？她為什麼要跳樓，她現在怎樣了？」烏大姐滿臉緊張地抓住我的手臂問道。

「你等下不就看到了嗎？放心吧，她死不了的，至少，在你交出解藥之前，她是死不了的。因為，我還不允許她死！」我一字一句地說完，扯開她的手，去查看二子等人的情況了。

「你，你想怎樣？」烏大姐渾身顫抖地看著我。

「條件先不要談了，等下你先看看仙兒吧，她的蜂毒很重，你幫她解毒再說吧，不然的話，她昏迷不醒，我們折磨她也沒什麼反應不是？那豈不是沒有意思了？」我看著烏大姐，聲音開始變得惡毒。

烏大姐驚恐地看著我，乾瘦的身軀搖晃顫抖起來，似乎隨時都會倒下。

第五十九章

冷水烏家

「冷水烏家是一個大家族，家族絕活名冠苗疆，
他們家族的人都非常古怪孤傲，喜歡研究一些奇奇怪怪的東西。」
黑月兒從腰上的一個小葫蘆裏放出了一條銀白色的蠶蟲，
遞到我面前：「知道這是什麼東西嗎？」

夜色深沉，營地裏的篝火劈里啪啦地輕響。烏老三滿臉黑血地半蹲在地上，死死地護著身後那頂帳篷。不遠處，老態龍鍾的烏大姐捏著竹笛，顫巍巍地站著，渾濁的老眼不時向樹林望去，臉上儘是擔憂的神色。

我發現二子雖然倒下了，但還是依舊死死握著手槍，臉上神情極為凝重，由此可見，他昏倒前心情是何等緊張。他們雖然都是面色青紫，中毒很深，但是都還有呼吸。我這才放下了心來，起身問道：

「這毒蜂蠱的毒好不好解？會不會留下什麼後遺症？」

烏大姐冷冷地看了我一眼，沉聲道：「毒好解得很，只要我出手，馬上就可以解掉。」

「既然如此，那就請你給他們解毒吧，不要再耽誤時間了。你把他們身上的毒解了，我就不再為難你了，仙兒也會還給你。」

「那個賤人，你準備怎麼辦？你是不是還要幫她來對付我？」烏大姐有些心有餘悸地看著我。

「我說過，我不會插手你們的恩怨，我所做的一切，都是為了保護隊友，完成我們的任務，和你們的事情完全無關。你從一開始就誤會我了，只要你不對我們不利，我也不會對付你，但是如果你膽敢再做出對我們不利的事情，那可就別怪我不擇手段了！」我瞪眼大喝道。我心裏有些火大，語氣也變得陰冷起來。

「說得好，我也是這個意思！」泰岳的聲音響了起來，他正橫抱著仙兒走過來。

「老太婆，看看吧，這就是你的仙兒！」泰岳走到烏大姐面前，非常粗暴地將仙兒往她懷裏一丟。

「仙兒！」烏大姐沒有力氣接住仙兒，她一下子就被撞倒在地。不過，烏大姐確實對仙兒極為疼愛，她倒下之後，依舊死死地抓著仙兒。仙兒沒有跌到地上，只是壓在她的腿上。

烏大姐坐在地上，懷裏抱著仙兒，滿臉關切地看著那腫得像饅頭一樣的臉龐，烏大姐竟然「哇呀」一聲哭了起來。

「我苦命的孩兒啊，你怎麼變成這個樣子啦？都怪娘不好，不該把你留在家裏啊，哎呀呀，我苦命的女兒啊，你可不要出事啊，你要是出事了，娘也不活了啊——」烏大姐哭得涕淚橫流，那情狀讓人忍不住有些同情和憐嘆。

泰岳怔怔地愣了半晌，湊到我耳邊，問道：「這丫頭是她的女兒？我怎麼感覺不太像啊？」

「可能是撿來的吧。」我隨口說道，走到烏大姐面前，從衣兜裏掏出一塊手帕，遞到她的手裏：「前輩，現在你這麼哭只會浪費時間，你有這個時間，還不如趕緊給她解毒。」

「嗯，對對，我太傷心了，亂了分寸！」烏大姐幡然醒悟，連忙起身，顫抖著手掏出幾隻小藥瓶，從每個小瓶子裏倒出一點藥水，兌到一起，塗到仙兒的臉上，又餵她服了一些藥水，這才放心下來。

她坐在地上，捏著我給她的手帕，擦了擦臉上的汗。

她瞥眼看到手帕上的刺繡，不覺一驚，接著瞪大眼睛，怔怔地望著我道：「你，你殺了他？你居然殺了他，你為什麼要殺了他?!」

烏大姐猛地從地上跳了起來，霍地從身後抽出兩把寒光閃閃的竹刀，發瘋一般地向我撲了過來。我一聯想起那塊手帕的來歷，立刻就明白了她的意思。

這塊手帕是烏大姐送給老掌櫃的，她就是老掌櫃的相好。他們似乎感情很深，她意識到老掌櫃已經遇難了，而且認定是被我殺死的。

「前輩，你不要衝動，我沒有殺他！」我來不及解釋，又不好對她下狠手，只好掏出打鬼棒，一邊格擋一邊後退。

「你沒有殺他，這手帕怎麼會在你手裏？你這個心狠手辣的小子，我早就應該了結你！你才是真正的惡魔，你就是要奪走我的一切的，我要殺了你！」

烏大姐完全陷入了癲狂，悍不畏死地揮舞著竹刀向我砍殺過來。

「滾開吧，老太婆，你煩不煩?!」泰岳見烏大姐不可理喻，從側面插入，匕首一伸，擋住了烏大姐的竹刀，接著抬腳把她踹飛了出去。

「撲通」一聲悶響，烏大姐仰面跌到地上，翻滾了好幾圈才停下來。她停下來之後，翻身兩手撐著地面，怔怔地瞪著我們，接著突然一低頭，吐出了一口黑血。

我不覺有些擔心，連忙抓住泰岳的手臂，焦急地責怪他道：「你怎麼下這麼重的手？」

「你沒見到她發瘋的樣子嗎？不給她點顏色看看，能解決問題嗎？你小子就是心腸軟，哎，跟你在一塊兒，真是累死人了，這要是在戰場上，你都死了好幾個來回了！」泰岳反而數落起我來。

「這裏不是戰場！」我打斷泰岳的話，快步走上去查看烏大姐的傷勢，卻不想，她趁著這個機會，一刀砍到我的手上，冷笑地看著我說：「我和你拼了！」

我真是又氣又怒，閃身站了起來，瞪著她大吼道：

「你給我好好聽著，老掌櫃是自己服毒自盡的。我們並沒有殺他。要說是誰殺了他，那就是你殺了他！你知道他為什麼會自盡嗎？我告訴你吧，那是因為你作孽太多，想要害死我的同伴，老掌櫃心裏愧疚，才服毒自殺的，想要以此來幫你還報惡孽的。你要報仇，就找你自己報吧！」

「你，你說什麼？」烏大姐一愣，無力地沙啞著嗓子問道：「他，他真的是自盡的？」

「不信你自己可以去查驗！」我冷聲道：「他臨死前，就是讓我放過你，但是你看看你現在都做了什麼？你又下毒害了那麼多人，你讓我怎麼饒過你?!你到底要作孽到什麼時候才會停止？你難道想要到了地下也沒臉去見他嗎？你這麼做，對得起他對你的付出嗎?!」

「我，我，我不配——」烏大姐兩眼怔怔地看著前方，癡癡地傻笑著，突然站起身，又怔怔地看著我說：

「你，你說我作孽？你可知道，我本來就是孽種？你不知道，你太幸福了，你們都太幸福了。嘿嘿，你想要解藥是不是？喏，給你，拿著吧，這個可以解毒。哈哈哈，你們的毒解了，你們都幸福了，可是誰來解我的毒？誰來解我的毒啊——哈哈哈——」

烏大姐突然趴在地上，肝腸寸斷地大哭起來，她的表情驚悚恐怖，蒼白的頭髮都披散開來，令她更加猙獰可怖。

我有些懷疑地撿起她丟給我的小瓶子，又丟給泰岳，說道：「給他們試試看。」

泰岳點點頭，轉身就去給二子他們服解藥。解藥果然有用，二子等人喝下之後，很快就醒了過來。

「什麼情況，啊，什麼情況?!」二子醒了之後，一下子從地上跳了起來，雙手握著手槍，一邊四下瞄著，一邊大叫著，精神非常緊張。

「好啦，沒事啦，不要緊張！」泰岳連忙拍拍二子的肩膀，安撫他道。

「你們回來了？這都是怎麼回事？他娘的，我怎麼睡著了？我記得我好像被馬蜂蜇了一下，接著就暈頭轉向了。咦，這個人是誰？」二子摸摸腦袋，看著烏大姐問道。

「這個就是烏大姐。」泰岳低聲道。

「她來做什麼?!」二子一驚不小，向後跳了一步，用槍指著烏大姐，問道：「其他人都怎麼樣了？她沒害死人吧？」

「都還好，他們也服了解藥了，應該快醒了。就是黑月兒三個人還不見有好轉。」泰岳說道。

我看到昏迷倒地的周近人、婁含、張三公都已經滿臉迷惑地坐了起來，鬆了一口氣。我回身看著哭天搶地的烏大姐，一時間不知道該怎麼辦才好了。

「現在你準備怎麼辦？這個老太婆的情緒很不穩定啊，我看我們還是別惹她為妙。」泰岳低聲說。

我點了點頭，剛要上前去勸慰一下烏大姐，卻看到烏老三也在默默流淚。我心裏疑惑到了極點，實在不明白他們烏家當年到底發生了什麼事情。

這時，地上躺著的仙兒竟然也醒轉過來了。

「嗯，怎麼，這是？」仙兒抬手摸著自己的額頭，滿臉疑惑地坐起來。

我發現她的臉上依舊沒有消腫，發脹的面龐擠得她的眼睛只能睜開一條細縫。她抬手輕觸了一下自己的面龐，馬上疼得直叫喚。

「仙兒，你怎樣了？」烏大姐立時停住了哭泣，慌忙跑過來，抱著仙兒問道。

「唔——」仙兒只是怔怔地看了看烏大姐，接著突然用力推開她，四下看著喊道：「嘉辰，嘉辰，你在哪裡？你在哪裡啊？我等你等得好苦啊，嘉辰，你在哪裡？嗚嗚嗚，你為什麼不來找我？」

仙兒又盲目地四下走動起來。烏大姐心疼地上前拉著她的手，哭聲道：「好孩子，別找了，跟娘回家，娘幫你找，娘一定幫你找到。」

二子已經恢復了鎮定，他見到仙兒的樣子，不覺嬉笑了一下，用手碰了碰身邊的周近人道：「周教授，你還不舒服啊？蜂毒還沒消嗎？」

「唔，我，我的毒好像還有殘留，我感覺不是很舒服，我先去方便一下。」周近人轉身向樹林跑去了。

我下意識地回頭看了周近人一眼，發現他的神情很慌亂，不由得感到一陣好奇。

「喂，別耽誤時間了，趕緊給他們三個解毒吧，再晚可就來不及了。」泰岳催促我道。

我連忙將眼神從周近人身上收回來，轉身向黑月兒的帳篷走去。

「小兄弟，多謝了，烏老三謝謝你了！」烏老三雙膝跪地，給我磕了一個頭。

我皺了皺眉頭，沒有去扶他，自顧自走進帳篷，查看了黑月兒的情況，對泰岳說：「去樹林裏找點無根水來。」

泰岳出去後，我盤膝坐在帳篷裏，拿出一個鉛碗，將顛倒金銀花的花朵都放進去，用打鬼棒搗爛之後，端著鉛碗走到篝火邊上準備熬藥。

烏老三一直默默地看著我，他依舊保持著跪立的姿勢。

我看了看正在安撫癡女的烏大姐，她好像給仙兒吃了什麼藥，仙兒吃藥後沉默了下來，癡癡地站在地上，如同殭屍一般。

「我的好仙兒，這才乖，娘都說了，會幫你找的嘛，你怎麼就是不聽話呢？每次都要娘給你糖吃，你才乖，你可真是個讓人費心的孩子啊。」

烏大姐抬手在仙兒臉上貼了一張紙符，低頭念了一通咒語，掏出一個鈴鐺，搖晃著往前走道：「喜神過路，關門閉戶，天高地寬，各走半邊——」

她身後的仙兒立刻跟著她走動起來。

我皺起了眉頭，總算明白烏大姐給仙兒吃的是什麼東西了，那應該是一種假死藥或者迷魂藥，是可以使人失去神志的毒藥。她之所以能夠控制住仙兒，都是依靠這種藥物才能維持的。她可能真的很疼愛仙兒，但是，她卻沒有給予仙兒任何自由，把仙兒當殭屍一般養著，完全是一個玩物和工具！

我心中不禁感到一陣驚駭，不知道仙兒到底是什麼來頭，也不知道她為什麼會落入烏大姐手裏。我看著仙兒柔弱的身影，心裏莫名地一陣憐憫，猛然就決定要去解救她。

我還沒有衝過去抱打不平的時候，卻見烏大姐向黑月兒的帳篷走了過去，手指突然一彈，一道火星向帳篷飛去。火星落下，帳篷立刻燃起了大火。

「不要！」烏老三反應了過來，連忙冒著大火向帳篷裏拱，要把黑月兒救出來。

烏大姐一陣冷笑，抽出了數支竹鏢，看著烏老三說：「既然你那麼心疼她，就和她一起去死吧！」烏大姐甩手把竹鏢打了出去。

烏老三一驚，只好轉身擋在黑月兒的身前。「撲撲撲撲——」一連數聲輕響，幾支竹鏢都扎進了烏老三的後背。

烏老三全身一抽，吐出了一大口鮮血，背後也噴濺出了黑血，整個人一癱，就趴到黑月兒身上，不動了。

我的心猛跳了幾跳，臉上的肌肉都抽動起來。我知道，烏老三這次凶多吉少了。這種竹鏢不但有毒，而且是空心的，插入人體之後，直接放血。中鏢的人就算沒被毒死，也會因為失血過多而死。烏老三一下子中了這麼多鏢，流了這麼多血，可以想像還有幾分生還的可能了。

「該死！」我把拳頭捏得咯咯響，一把丟掉手裏的鉛碗，抄起陰魂尺就向烏大姐衝了過去，大喝道：「你真是太放肆了，你居然如此歹毒！」

「哼哼，小子，現在你求我饒過你，我或許還可以看在你很尊敬我的面子上，放你一馬！」烏大姐居然好整以暇地笑著，說出了讓我感到非常迷惑的話。

「你饒了我？」我不覺一愣。

「不錯，你看看四周的樹林，就知道我為什麼這麼說了。」烏大姐滿臉得意的神情。

我連忙抬頭向四周看去，立時頭皮一陣發麻，因為我赫然看到，此時營地四周的樹上、地上、草叢裏，到處都掛著青竹絲。

這些細細長長的蛇身被篝火照得有些黑黃，三角形的蛇頭鼓著兩隻眼睛，吐著簌簌晃動的信子，牠們緩緩地扭動著，互相鉤纏著，隨時都會對我們發動攻擊。

「嘿嘿嘿——」烏大姐氣勢大盛，對我得意地大笑起來：「小子，我早就說過，你還太嫩了。你敢在我的地盤和我動手，真是瞎了你的狗眼，你以為老娘是吃素的麼？」

烏大姐突然一聲呼哨，對著樹林的方向招了招手。那個地方的蛇群突然自動分開了，一條粗如胳膊、足有四五米長的蛇王高揚著蛇頭，吐著長信子游了出來，一路來到烏大姐身邊，盤繞在她的腿邊。

「好孩兒，還是你最乖，娘沒白疼你。」烏大姐眉開眼笑地摸摸牠的腦袋。

我很快就認出牠來了，牠應該就是我在烏大姐的竹樓院子裏遇到的那條大蛇。想必烏大姐通過控制牠，從而控制了這片竹林裏所有的毒蛇，四周的毒蛇至少有幾千條。

我手裏有陰魂尺，不怕這些毒蛇，但是，其他人怎麼辦？他們要是被包圍在蛇海之中，豈不是只能等死麼？

烏大姐顯然知道我沒法一下子對付那麼多毒蛇，所以，她才會使出這一招。這使得本來處於下風的她立刻扭轉了形勢，掌握了主動。現在，不管她提出什麼條件，我想不答應都不行了。

「咕——救——」旁邊火堆裏的烏老三突然一下子掙扎著坐了起來，直愣愣地看著我，發出了一個聲音。他一句話還沒說完，就再次倒了下去。

我這才想起來黑月兒還在火堆裏，心頭一陣火起，回身對二子他們吼道：「你們的眼睛瞎了嗎？救火、救人啊?!」

「啊?!」二子等人早已被那些毒蛇嚇傻了。聽到我的喝罵，二子老臉一紅，慌忙跑去救人。

婁含臉色蒼白，大概他是真的害怕了，他不停哆嗦著，情狀極為狼狽。

「我早就說過，不要管他們，結果你們，你們越鬧越大，你們就是不聽我的話，你們這些該死的，你們活該餵蛇——」婁含抱肩縮在篝火旁邊，哆嗦著說。

「閉上你的烏嘴，再廢話，我第一個把你扔出去餵蛇！」這時形勢危急，我的心情非常煩躁，一心只想著掌控局勢，所以馬上一句惡罵把他頂了回去。

婁含被我一罵，一縮腦袋，不敢吱聲了，隨即卻突然想到了什麼，霍然從地上站起來道：

「哎呀，壞啦，周教授方便去了，現在還沒有回來，肯定被蛇咬啦，這可怎麼辦？」

我這才想起來，周近人和泰岳都還在樹林裏，他們可能已經陷入蛇群的包圍了，說不定已經遇難了。我自己也有些慌亂了起來。

「總算救出來一個。」這時，二子背著黑月兒灰頭土臉地走過來：「烏老三來不及救了。」

我沉重地點了點頭，低聲道：「你們都到火堆邊上去，把火點大，把我們帶著的煤油都拿出來做火把，準備對付那些毒蛇。」

「好。」二子隨即又停了下來道，「周教授和泰岳他們怎麼辦？」

「現在管不了他們了，我們先保住自己再說吧。」

這個時候，烏大姐真是得意到了極點。她愛撫著那條大蛇，心情非常舒暢，而且她很喜歡看到我這種慌亂焦急的樣子，並沒有急著對我們發動進攻。

見到我大致把事情安排好了，烏大姐這才含笑看著我說：

「小娃子，你還是不願意把那個賤貨交給我麼？」

「絕不可能！」我堅定的意志展現了出來，我冷冷地說完，緩緩捏起了陰魂尺，說道：「你想怎樣？」

「你說我想怎樣？其實，你這話不該問我，應該問問我的孩兒，你要是惹得我不高興了，牠可就不高興了，牠要是不高興了，你們還想活著走出去嗎？」烏大姐面相溫和，卻殺機森寒。

「我吃軟不吃硬，你還真是遇上對手了。」我已經鎮定下來，大致想清楚要怎麼辦了，瞇眼冷笑道：「你以為你有了這些畜生助陣，就真的可以取勝了嗎？」

「怎麼？莫非你還能反敗為勝不成？」烏大姐冷笑道。

「當然，不信你看！」我猝然出手，手裏的陰魂尺猛然揮出，一道陰尺氣場森然向她身上灑過去！

烏大姐沒有料到我會突然出手，驚得渾身一震，隨即見我只是隨手虛劃了一下，又淡定下來，不屑地笑道：「讓我看什——」

「唔——」她一句話還沒說完，陰尺氣場已然襲至，她悶哼一聲，捂著胸口就要往下倒，她旁邊的那條大蛇尖厲地嘶鳴著，不停扭動顫抖，滾在地上掙扎了一會兒之後才恢復了鎮定。

「好，好厲害的法寶，今天我算是開了眼界，不過，你沒有機會了，你不讓我知道你的法寶還好，你既然已經亮出底牌，那我就沒必要怕你了！」

烏大姐一聲呼哨，手一揚，指揮著大蛇向我攻了過來，同時她也連連抬手，四五支竹鏢帶著風聲向我的臉上飛過來。

我躲過竹鏢，腳尖一點，飛躍而起，手裏的陰魂尺向著大蛇頭上點了過去。

大蛇這時正張著大嘴向我身上咬來，卻不想一口咬中了陰魂尺，立時全身遭了電擊一般，一陣猛烈抽搐，縮身彈了回去，張大嘴巴發出一陣嘶嘶聲。隨著那聲音的發出，四周的蛇群也開始動了起來，無數青竹絲一起向我們的營地衝了過來。營地瞬間變成了蛇海！

「娘的，來了，火把，大火把，點起來，點起來，快快！」二子站在火堆邊跳腳喊著，不停揮舞著手裏的火把。

我發現他把趙天棟、吳良才和黑月兒都藏到了火堆邊上，這才鬆了一口氣，轉身專心應付烏大姐和那些毒蛇。

這時，烏大姐已經退到離我足有幾丈遠的地方了。她帶著仙兒站在一棵大樹下，手裏拿著一根翠綠的竹笛吹著。隨著笛聲響起，那些青竹絲得到了號令，分成了兩撥，一撥向我圍過來，另一撥圍向二子他們。

每一條毒蛇都無比兇悍，牠們雖然身軀短小，卻彈性極好。牠們還沒有靠近我，就已經「嗖」地飛彈起來，向我的身上撲咬過來。我一不留心，立時被咬了好幾口，全身都有些發麻。

「唔——」我悶哼一聲，深吸了好幾口氣，才消除了毒液的麻痺感，找回了知覺。恢復知覺後，我立刻彈跳起來，凌空一個翻躍，陰魂尺猛地朝地面劃出了一個大圈。

「呼嚓嚓——」一圈陰尺氣場噴然而出，地面上的青竹絲一陣抽搐，翻滾扭動起來，失去了攻擊力。

一尺放倒了一大片毒蛇，我飛身落地。打蛇打七寸，擒賊先擒王，這個時候想要扭轉局勢，唯一的辦法，就是制住烏大姐，滅掉那條蛇王！

我緊捏陰魂尺，徑直向烏大姐走過去，途中凡有毒蛇攻擊，我只是隨手一尺便解決掉了。烏大姐眯眼冷笑著，轉身帶著仙兒就向樹林裏退去。

「想跑，沒那麼容易！」我加快速度向烏大姐追去。

「青兒，擋住他！」烏大姐一聲冷喝，大蛇就向我攻了過來。

大蛇方才已經吃過我的苦頭，所以對我也非常忌憚。雖然烏大姐對牠下達了攻擊的命令，這傢伙卻不敢直接衝過來，而是一扭頭向側面游去。

牠一邊游動一邊嘶嘶作響，拼命地指揮牠的蛇子蛇孫們對我進行圍攻。青竹絲在大蛇的驅使下向我身邊湧來，但是到了近處，卻不敢上前了，因為，我的陰尺氣場已經足以震懾牠們了。

見到那些毒蛇奈何不了我，烏大姐這才意識到事情的嚴重性，轉身拉起仙兒的手，拼命地往樹林深處逃跑。我再次加快速度，很快就已經追到了她的身後。

「我勸你還是給我放聰明點，別逼我對你下重手！」我一閃身就擋到她的面前，冷眼看著她。

烏大姐跑得氣喘吁吁的，滿臉驚駭地望著我說：

「小娃，不，小兄弟，我服了你了，咱們別鬥了好麼？那個賤人我不要了，你就放過我們娘兒倆，行嗎？」

見到烏大姐滿臉可憐相地哀求我，我心裏的怒火頓時消了很多，原本想直接把她了結的念頭也打消了，對她說道：

「既然你這麼說，就趕緊帶著那些畜生滾蛋，別再讓我看到你，否則我絕對不會手下留情！」

「好，好，我走，我帶著牠們走，你等下，我馬上就吹笛子，讓牠們都散開。」烏大姐端起笛子，突然吹出了一個非常刺耳的聲音。

我聽到這個聲音，幾乎是本能地皺眉閉了一下眼睛，就在我一晃神的工夫，數支竹鏢就向我的面門飛射過來。

糟了！我知道自己又被這個老毒婦騙了。我本能地矮身躲閃，但是頭皮上還是被兩支竹鏢打中了，留下了兩道血槽，鮮血順著腦門流了下來。

我猛然閃身拉開自己和烏大姐的距離，牙齒咬得咯咯響，這次我再也不猶豫了，飛身就是一尺向烏大姐的身上戳過去。

「哼！」烏大姐冷眼看著我，一點懼色都沒有，接著竟然一把拉過身後的仙兒，擋在了自己身前。

我連忙收手，這才徹底看清了烏大姐的真面目，禁不住咬牙大罵道：

「沒想到你居然歹毒到了這種程度，老子真是瞎了眼了，竟然一而再、再而三地被你騙。今天我要是不親手宰了你，我就不姓方！」

「哈哈哈——」烏大姐躲在仙兒身後，得意地笑著：「小娃子，我早就說過，你還是太嫩了。你真的以為我會心疼誰嗎？哼，你大錯特錯了，實話告訴你吧，這丫頭不過是我的玩物罷了。這丫頭是撿來的，是我養的人蠱而已，我心疼她，只是不想失去我精心培養的蠱毒工具，你真以為我是喜歡她、疼愛她，才會護著她麼？你真是太幼稚了，小子！老娘我今天就好好給你上一課，讓你知道什麼叫人心險惡！」

「你真是喪心病狂！」我氣得拳頭捏得咯咯響，恨不得一拳把她砸成肉泥。

「哈哈哈，怪只怪你太幼稚了，小娃子，你有本事，就儘管在這裏和我耗著，但是我要提醒你，過不了多久，你的那些同伴可都要被毒死了。你要是有時間，老娘我陪著你！」烏大姐滿臉得意道。

她的話剛說完，突然一道寒光破空而來，「撲哧」一聲插到了她的背上。

「怎麼會？」突然中了一刀，烏大姐不敢置信地咕噥了一聲，接著身體一軟，撲倒在地了。

「我早就警告過你，這個老毒婦不好對付的，你偏偏不聽，現在知道厲害了吧？」泰岳從旁邊的樹林走出來，一邊走一邊揮舞著竹竿拍擊毒蛇。

我不禁嘆了一口氣：「總算了結了。她這也算是死有餘辜了，實在不值得同情。你怎麼會在這裏的？無根水找到沒有？有沒有看到周教授？」

「找到無根水了，有個樹洞，裏面都是下雨的積水，我灌了滿滿一壺。回來的時候，正好看到你和這個老毒婦在磨蹭，我實在等不及了，就出手幫了你一把。」

泰岳看了看四周的毒蛇，皺眉道：「咱們趕緊回營地吧，他們不知道被啃成什麼樣子了呢。這丫頭就先扔這兒了，她反正是傻的，不會跑多遠的。等處理完這些毒蛇再來管她。」

泰岳伸手把烏大姐背上的匕首拔起來，在身上擦了擦。

泰岳一邊走一邊問道：「周教授失蹤了嗎？」

「他剛才說是去方便，結果一直沒回來，後來那些毒蛇圍攻了過來，我想他是凶多吉少了。」我皺眉道。

「這可不一定，我看咱們隊伍裏，就屬他城府最深，最奸詐狡猾，要是他會死，才是真的見鬼了。」泰岳說道。

「你這話從何說起？」我不禁有些疑惑。

「小心！」泰岳一瞪我的身後，猛地一把將我拉開了。

我回頭一看，那條蛇王正率領一大片青竹絲蛇向我們襲來。

「娘的，八成是想給牠的主子報仇！」泰岳見那些毒蛇悍不畏死地衝過來，大罵著往後退去。

「讓我來！」我一把將泰岳掩到身後，捏著陰魂尺向蛇王衝了過去。老子到現在還憋了一肚子火沒處發洩呢，這個畜生現在來觸我霉頭，簡直就是自尋死路！

我抬手一尺揮出，一片陰尺氣場灑出，先將牠鎮住了，接著跟上去幾尺點下去，就把牠徹底打成一條死蛇了。

將蛇王了結之後，我餘怒未消地繼續揮舞著陰魂尺大開殺戒，一路橫掃豎劈，不知道弄死了多少青竹絲蛇。

泰岳和我回到營地，定睛一看，只見二子他們滿臉痛苦的神情，抱著小腿在地上發抖，顯然已經中了蛇毒了。我連忙帶著泰岳衝過去，揮舞尺追殺毒蛇，喊道：「先幫張醫生穩定傷勢，他藥箱裏有蛇毒血清。」

「知道了！」泰岳連忙去幫張三公吸出毒血，說道：「張醫生，你感覺怎麼樣，還能撐得住嗎？」

「沒多大事了，你把我的藥箱拿過來，我給大家注射一下，就應該沒問題了。青竹絲是很常見的毒蛇，還算好解。」張三公沙啞著聲音說道。

張三公顫巍巍地給眾人都注射了抗蛇毒血清後，我也大致把營地周圍的毒蛇都清理掉了。由於蛇王和烏大姐都掛了，剩下的毒蛇也都四散逃跑，我這才鬆了一口氣，一屁股坐到地上喘粗氣。

「到現在我都沒鬧明白你們這是在演哪一齣，突然有這麼多毒蛇衝出來，那個烏大姐到底是哪個疙瘩裏蹦出來的？她現在死了沒有？」二子的心神剛鎮定下來，恨恨地說。

泰岳一邊幫婁含處理腿上的傷口，一邊悠悠地說：「早就死了。那個老毒婦真不知道是怎麼練出來的，心性狠毒到了極點，連咱們的小菩薩都被她惹怒了。」

泰岳譏笑地斜眼看我。

我被他說得臉一紅，嘟囔道：「得饒人處且饒人，何必非要打打殺殺，這樣不好。」

「哼，你還是沒得到教訓。」泰岳幫婁含綁上繃帶，笑道：「婁先生，你小腿上的皮膚真是夠白嫩的，都快趕上大姑娘了，你平時是怎麼保養的？」

「我不喜歡曬太陽。」婁含有些尷尬地皺了皺眉頭，起身瘸著腿，走到一邊坐下來。

「怪人。」見婁含不合群的樣子，泰岳轉身和二子繼續打屁。

「喂，小菩薩，你那個顛倒金銀花不是已經搞到了嗎？那就趕緊給他們三個解毒吧，別耽誤時間啦，天快亮了，也不知道明天能不能繼續出發。周近人到現在還沒影子，等下還得去找他，怎麼這麼多煩心事呢？哎！」二子一臉沉悶。

我從地上的土堆裏把放著顛倒金銀花的鉛碗找出來，把無根水倒了進去，這才架到火上烤著，開始熬藥。

「周教授一直沒回來，我看咱們得去找找才行，就算他已經被那些蛇咬死了，咱們好歹得找到他的屍體不是？」泰岳和二子商量著準備去找人。

二子的蛇毒好得差不多了，就和泰岳一人一把手電筒出發了，沒一會兒就消失在樹林裏。他們走了之後，營地裏就只剩下我、婁含和張三公三個還能活動。

婁含一直抱著肩膀坐在一塊石頭上，心有餘悸地不時瞥眼四下看著，生怕有毒蛇再咬他。

張三公還算鎮靜，他蹲在火堆邊抽著菸，說道：「你那藥能解的也只是日月輪還香的毒，但是其他的毒想要解除，還是很難的。」

「沒關係的，其他的毒應該不會致命，不然他們也活不了這麼久，你給他們再吃點解毒藥，應該就沒事了。」

我用厚布把滾燙的鉛碗從木架子上端下來，待到藥溫了之後，才端起來逐一給黑月兒三人餵了下去。

沒過多久，他們的臉色便變得好了些，趙天棟率先醒了過來，乾咳著要水喝。見湯藥果然有效，張三公滿心歡喜，瘸著腿樂呵呵地給他們端水餵藥，忙得不亦樂乎。我心裏的一塊石頭總算是落地了。

我的思緒清醒了很多，猛然想起那個做成了人蠱的女孩仙兒。她現在還在樹林裏，也不知道怎麼樣了。

我對張三公和婁含說：「你們先忙，我去樹林裏走一遭，把那個女孩帶過來，說不定可以幫她恢復神志。」

這時，黑月兒醒轉了過來。她第一時間向我望了過來，問道：「小兄弟，這是哪兒？大夥都怎樣了？」

我心裏一酸，蹲下身對她說：「姐姐放心，這兒很安全，大夥兒都沒事，你放心休息吧，休息好了，咱們就繼續前進。」

我擔心黑月兒傷心，沒把烏老三已經死了的消息告訴她，但是，為了讓她開心一點，就把烏大姐的事情和她說了：

「姐姐，你可以放心了，烏大姐已經死了，你的仇已經報了。」

「啊，什麼？是真的嗎？」黑月兒喜出望外地一把抓住我的手臂，掙扎著坐起來，啞著嗓子問道：「她真的死了嗎？死在哪裡了？你帶我去看看，我一定要去看看。」

「就在樹林裏，你身體吃得消嗎？我可以扶你過去。」

「嗯，姐姐吃得消，你扶我一下吧，好弟弟。」黑月兒滿臉泛紅，非常興奮地站起身，半抱著我的手臂向前走去。

一路上，她看到地上滿地死蛇，咂咂嘴點頭道：「果然不錯，這是她的手段，那個毒婦終於死了，真是太好了。」

黑月兒一抬頭，突然愣住了。我連忙順著她的視線看去，發現她看著的正是烏老三已經被燒焦的屍體。

說實話，烏老三此時的樣子，根本就沒法讓人認出他是誰。我也不知道黑月兒有沒有認出來，但是不想讓她傷心，就隨口對她說：「這個人是個壞蛋，是烏大姐的狗腿子，已經被燒死了，你不用害怕的。」

「噢，他是個壞蛋。」黑月兒低低地應了一聲，接著低頭默默地向前走著。我偷偷看她，發現她已經淚流滿面了。原來，她已經認出來那是烏老三了。

「他是為了保護你才這樣的。」我只好把實情告訴了她。

「我，我知道。」黑月兒一邊擦拭眼淚，一邊抽泣著說：「他就是這樣子，像是中了邪一樣，他真的是個混蛋！我這輩子都不會原諒他！」黑月兒費力地收住淚水和哭聲，腳步有些凌亂起來。

我知道她急著要見到烏大姐的屍體，於是乾脆抄手把她抱起來往前走。她沒有說話，只是怔怔地看著前方，忽然說道：

「他們這個家族活該家破人亡，因為他們太作孽了。其實他們烏家的人死了，我並不是很傷心。我只是可憐我的丈夫生錯了地方，要是他不是烏家的人，我們該有多幸福啊。他以前也喜歡這麼抱著我，我覺得好安心。」

我再也按捺不住心裏的好奇，就把她放了下來，問道：

「你能不能告訴我，他們家到底是怎麼回事？為什麼會鬧成現在這個樣子？我到現在都還一頭霧水。現在烏大姐都已經死了，你的仇也報了，就算有什麼秘密，也可以公開了吧？」

黑月兒猶豫地皺了皺眉頭，輕輕嘆了口氣：「你說得也對，既然你這麼好奇，那我就告訴你好了。你聽了之後，可能想法就會不一樣了。」

黑月兒拉著我坐了下來，抬手理了理長髮，輕嘆道：「我想你最大的疑惑，應該是為什麼烏大姐會這麼仇恨自己的家族，對麼？」

我慢慢地說：「我的長輩告訴過我，這個世上，沒有十惡不赦的人，只有無可奈何的鬼。」

「沒想到，你居然這麼寬容善良。」黑月兒詫異地看了看我，「按照你的說法，烏大姐應該算是無可奈何的鬼了。」

「她到底遭遇了什麼？」

「冷水烏家是一個大家族，家族絕活名冠苗疆，也許是物極必反吧，他們家族的人都非常古怪孤傲，喜歡研究一些奇奇怪怪的東西。烏大姐就是蠱毒研究的受害者。」黑月兒從腰上的一個小葫蘆裏放出了一條銀白色的蠶蟲，遞到我面前：「知道這是什麼東西嗎？」

「蠶蟲。」

「是的，但是我這一條，普通人只要被牠咬一口，立刻就會口吐白沫、全身抽搐，窒息而死。」黑月兒凝重地看著蠶蟲道，「這還只是一條不成熟的銀蠶蠱。要是練成了金蠶蠱，那蠱蟲的力量和道行就是讓人想想都感到害怕了。」

「真有這麼厲害嗎？」

「金蠶蠱是萬蠱之首，牠之所以厲害，並不是因為牠有劇毒，而是因為牠可以幫助主人起運，也可以一下子把一個家族敗光，將主人殺死。」黑月兒收起銀蠶蠱，「我學蠱到現在，還沒有見過金蠶蠱。因為，這種蠱練成之後，是可以化於無形的，一般人根本看不到牠的真面目。」

「金蠶蠱是以雪山冰蠶之中的蠶王為種，馴養的辦法相當殘酷，需要把七七四十九種劇毒的毒蟲和蠶王放到一個大罈子裏，埋到地下兩年零四十九天後再挖出來。如果蠶王還沒有死，才能做金蠶蠱。這個時候，蠶王已經身兼數十種劇毒，性情和模樣早已大異從前了。金蠶蠱練成之後，不但通體金光閃耀，還隱約有觸龍的姿態，頭上生角，身上覆鱗，鼻端生鬚，行動帶風，凶猛殘酷。這需要試驗很多次才會成功，一整座雪山上也就一條蠶王。用來練蠱，又要上百條蠶王之中才能練成一個。」

「冷水烏家是不是養了金蠶蠱？」

「不錯，這種金蠶蠱稍有不慎，就要敗家，苗疆之中只有他們家敢養。這種蠱，養了之後，家裏會財源滾滾，諸事順利。但是，也得給牠足夠的回報。所以，養這種蠱的人家，每到年底都要跟牠算賬，算算這一年裏，牠幫自己賺了多少，自己給了牠多少報酬，如果是主人虧本，那這一年就可以平安度過了；反之，如果主人欠錢了，那就要想辦法還上，如果不還，金蠶蠱就會反噬，將主人家敗光。」

「那金蠶蠱養不起，難道還不能弄死嗎？」我忍不住好奇地問道。

「牠都修成精了，平時連影子都看不到，怎麼弄死牠？牠不弄死你就算好的了。他們烏家鬧成現在這個樣子，就是因為他們得罪了金蠶蠱。他們試圖控制金蠶蠱，才會家破人亡。」

「他們到底做了什麼？」

「養人蠱。」黑月兒悠悠地說。

「什麼是人蠱？」我驚愕地問道。

「那個烏大姐就是人蠱，她從長牙能吃飯的時候開始，每天都會被強行餵下很多毒藥，使得她從小就養成了劇毒體質，毒性比任何毒蛇都厲害，咬人一口，就能把人毒死。他們將她的毒體養成之後，就把她和蠶王及其他數十種毒蟲一起裝在大罈子裏埋到地下。」黑月兒聲音顫抖地說。

我不禁倒抽了一口冷氣，感到極為震驚。我沒有想到，這世上居然有這種事，真是太喪心病狂了。在那幽深的地下，四周一片黑暗，不但要對抗毒蟲，還要忍受無盡的恐懼和寂寞，難怪烏大姐會瘋狂了。

「那她後來練成了嗎？」我下意識地問道。

「當然練成了，不但練成了，而且非常厲害。我聽說，她剛出道時，她要誰死，只需要瞪一眼就可以了。」黑月兒微微搖頭，嘆了一口氣：「可惜物極必反，她叱吒風雲的時間連一年都沒到，就快速隕落了。她之所以仇恨自己的家族，是因為她愛上了一個人，但那個人卻死在了她的懷裏。那個人之所以會死，只是因為他偷吻了她一下。」

黑月兒有些說不下去了。

我心裏一陣黯然，總算明白烏大姐的性情為什麼那麼乖戾了。她是一個傷心人，她的心已經死了，對這個世界只剩下仇恨。這時，我對烏大姐已經不再那麼痛恨和嫌惡了，反而覺得她很可憐。

「後來，又有一個男人走進了她的生活。那個男人是個老師，比烏大姐大很多歲，烏大姐喜歡上他，一直去聽他講課。但是烏大姐知道自己不能和他有肢體接觸。慢慢地，她練蠱的副作用出現了，她快速地衰老，不到半年時間，就從一個花樣少女變成了中年婦女的樣子。那個男人自然不再喜歡她了，而且他從別人那裏聽說了她的事情，對她感到非常害怕，到最後都不敢見她了。」

「她就是從那個時候開始變得狠辣起來的。那個男人因為實在太害怕，就試圖逃走，卻被她追上後活活咬死了。她咬死那個男人之後，當晚就回家把父母也咬死。大家都認為她瘋了，其實她一直很清醒，只是變得陰狠了。後來，苗寨的幾位長老將她趕了出去。」

黑月兒抬手抹了抹淚水，哽咽地說：「其實，我丈夫死了之後，我根本就沒有別的事情可做了，我只能去找她報仇。這樣我才可以活下去。現在她死了，我反而不知道以後該幹什麼了。」

我無奈地嘆了一口氣，說道：「烏大姐的身世如此悲慘，我們一起去把她埋了，讓她安息吧。」

「嗯，其實我要去看她，也是這個原因，我恨她，卻又有好多話想和她說。」

第六十章

解開謎團

我怔怔地看著周近人，看著這個曾經滿臉感嘆，
跟我訴說他不幸的遭遇和對初戀情人相思之情的人。
一時間，我難辨真假，真不知道他到底是一個什麼樣的人。
他才是一個真正的謎團，一個掩飾得很好的謎團。

我們來到烏大姐死去的地方。我抬起手電筒照了一下，卻發現仙兒不見了，烏大姐的屍體也不見了！

這是怎麼回事？我這一驚不小，雖然我對烏大姐的看法改觀了不少，但是一想到她的歹毒手段就頭皮發麻。如果她沒有死的話，那我們倒楣的日子可就來了。

「怎麼了？」黑月兒見到我有些慌亂，皺眉問道。

「剛才她就是躺在這裏的，還有那個被她當成殭屍的女孩也站在這兒，現在都不見了。她可能還沒有死，只是背上中了一刀而已，沒有其他外傷。」我皺眉道。

「跟著血跡走，應該還能追上的。」黑月兒從我手裏接過手電筒，在草地上照了照，找到了一行淋漓的血跡。

「在這邊，跟我來。」黑月兒踉蹌地追蹤著血跡，向樹林深處走去。見到她那麼急切，我也只好跟了上去。

我們追蹤著血跡，見到前面忽然天光大盛，一片開朗的氣象。我知道已經快到樹林盡頭了，連忙拉住黑月兒，拿著手電筒一點點來到樹林邊緣，向外一看，前頭果然是一處深不見底的懸崖峭壁。

這時候，天色微亮，山風清涼，晨霧瀰漫，我關了手電筒，和黑月兒悄悄地摸了出去，站在懸崖邊上找尋烏大姐的蹤跡。

清晨冷峻的山風從懸崖對面吹過來，扯動亂石間的草葉，簌簌地抽動著，淒涼又荒蕪。我們找了半天也沒能發現什麼。血跡在這裏中斷了。

「看來是逃掉了。」不知道為什麼，我說完之後居然鬆了一口氣，感覺就好像我很希望她能逃掉一樣。意識到這一點，我不禁懊惱，覺得自己太不爭氣，到了現在，還是這麼心慈手軟，對她尚存憐憫之心。

「逃掉就逃掉吧，她傷得不輕，就算逃回去也需要休養很長時間。這段時間裏，她是不能再害人了。我們先完成任務吧，我回來再去找她算賬。」黑月兒無力地在崖邊的石頭上坐了下來，皺眉望著黑魆魆的山林，嘆了一口氣道：「好累。」

「你身上的毒素還沒有清理乾淨，我還是扶你回去休息一下吧，這裏風大。」

「嗯，好。」黑月兒又嘆了一口氣，緩緩地伸手給我。

我看著她的樣子，忽然明白了，在黑月兒的心底，也是不希望烏大姐死掉的。因為，找烏大姐報仇，是她現在唯一的精神寄託了。我不禁對她有些同情。

「姐姐，不要太傷心了，人生就是苦海行船，我們不能太早放棄。」我安慰她道。

黑月兒淡笑了一下。

我們剛走出沒幾步，突然傳來了一陣沉重慌亂的腳步聲。我連忙抬頭望去，只見一個黑影正慌不擇路地向著我們這邊跑來，一邊跑一邊還不停地回頭看著。

我覺得這個身影有些熟悉，再仔細一看，正是周近人。

「周教授，你怎麼在這裏？出了什麼事情？大家都很擔心你啊。」我連忙鬆開黑月兒，迎上去一把抓住他手臂，滿心關切地說。

「啊?!」周近人驚魂甫定，被我這麼一攔一抓，神經質地驚呼了一聲，待到看清楚是我後才鎮定下來，他神色慌張地抓著我的手，急聲道：

「鬼，有鬼，真的有鬼！」

「什麼鬼？你遇到什麼了？」我心裏一驚，立時掏出打鬼棒，瞇眼向周近人身後望去，想看看他是不是帶著什麼東西過來了。

我果然看到了一些異樣。一道白色人影出現在我的視野中。那個人影似乎是一個女人，她披散著一頭長髮，遮住了面容，身上穿著一襲白色拖地長裙，正機械地走著。

她一邊走一邊搖頭四顧，虛張著雙手亂抓著，不停地喊道：「嘉辰，嘉辰，你在哪裡？你不要跑啊，不要丟下我。」

我聽到這些話，立刻知道那是誰了，這才吁了口氣說道：

「周教授，你不用怕，她不是鬼，她是人。她只是神志不清而已。」

「不，不可能，她絕對是鬼，人不可能這麼多年都還沒有改變樣子。」周近人驚慌地躲到我的身後，伸頭看了看那個女孩的影子，接著猛然掙脫我的手，轉身再次逃跑。

我一伸手將他捉住，說道：

「周教授，你不要再亂跑了，大家都在找你。你不要害怕，在這兒等著。這個女孩不是鬼，不信我證明給你看，她是個活人。」

「不可能，不可能！」周近人看著那個越來越近的女孩，猛地搖頭，拚命地掰開我的手指，想要逃走。

我感到好奇，直覺告訴我這裏面肯定有隱情，抓住周近人問道：「教授，到底是怎麼回事？」

「沒，沒什麼，你放開我，她要來抓我了，你放開我啊！」周近人急得臉上的肌肉都扭曲了。

「嘉辰，嘉辰，你還記得我嗎？我是曉敏啊，你不記得我了嗎？你為什麼要跑？你為什麼要丟下我？你為什麼一直都不來找我？為什麼，為什麼？」

女孩已經走到我們旁邊了，她跌跌撞撞地朝周近人走去，微微歪著頭，從長髮的縫隙裏斜眼看著他，連聲問道：

「嘉辰，你就是嘉辰，你為什麼不理我？你不記得我了嗎？」

「嗚呀——」周近人被女孩一逼問，咧嘴顫抖著大叫一聲，驚駭到了極點，卻一下子跪到女孩面前，哭喊道：

「曉敏，我對不起你，求求你，原諒我吧，我不是故意的。」

「嘿嘿，嘉辰，真的是你啊！曾嘉辰，我終於找到你啦，你知道嗎？這些年，我日思夜想著再見到你，想得我好苦啊，你知道我為什麼這麼想你嗎？」

女孩說著，緩緩走到周近人的身前，伸手抱住他的頭，輕輕撫摸著：

「我一直想問你一個問題，當年你為什麼要把我推到懸崖下面去?!」

女孩的聲音突然變得陰狠起來，十指如鉤地死死掐住了周近人的脖子。

我大吃一驚，連忙鬆開周近人，抬手一記手刀側砍到女孩的手腕上，將她的手臂震開，一邊拉著她往後退，一邊對黑月兒喊道：

「姐姐，你看一下周教授的情況！」

「好！」黑月兒連忙跑上來。周近人雙手捂著脖子，吐著舌頭，翻著白眼，倒在地上，抽搐了起來。

我驚問道：「他怎麼樣？」

「他中毒了，她的手上有毒，你要小心點。」黑月兒從衣兜裏掏出解毒藥給周近人餵了下去，抬頭看著我手裏抓著的女孩說：

「這個女孩是烏大姐養的人蠱。正常人觸之即死，劇毒無比。」

「她真的是人蠱？」我重新審視著這個女孩。

她此時依舊神志不清地掙扎著，想再去抓周近人。我透過她低垂的長髮，發現她臉上的蜂毒已經消腫了，恢復了原來清秀的樣子。她很年輕，只是面容有些執拗扭曲，嘴角繃得很緊，一看就是滿心怨恨的樣子。

我不由得想到烏大姐也曾經被煉成人蠱的事情。這個女孩似乎剛剛成為人蠱，副作用還沒有顯現出來。那就說明，這個女孩確實是不到二十歲。既然她這麼年輕，她和周近人就應該沒有什麼關係。周近人已經四十多歲了，而且不是本地人，他不可能是女孩口中所說的那個曾嘉辰。但是，就在剛才，周近人明明承認自己就是那個曾嘉辰，這又是怎麼回事？

我皺眉向周近人看去。樹林裏一陣窸窸窣窣的響動，又鑽出了一個黑乎乎的影子，在地上爬著。影子抬頭看見我手裏抓著的女孩，驚呼道：

「仙兒，我的兒，娘終於找到你了！」

我和黑月兒都是一驚，定睛一看，這個黑影果然正是烏大姐。

烏大姐此時披頭散髮，身上血跡淋漓，狼狽淒慘。她的神志似乎也不太清楚了。她從林子裏出來後，壓根兒就沒有看我和黑月兒，就那麼直直地爬到女孩身邊，一把將她抱在懷裏。

「嘉辰，你為什麼要把我推到懸崖下面去？」自稱為曉敏的仙兒坐在地上，靠在烏大姐懷裏，兩眼直直地盯著周近人，依舊癡癡地說著。

「你就是曾嘉辰？」烏大姐不覺一愣，有些驚愕地看著周近人問道。

「唔——咯——」周近人鐵青著臉，正坐在地上喘息著，他看了烏大姐一眼，又看了看我和黑月兒，滿臉憤怒地對烏大姐吼道：

「混蛋，我叫周近人，不是你們所說的什麼曾嘉辰。我根本就不認識曾嘉辰這個人！」

「不，你就是嘉辰，你怎麼可以這樣，嘉辰，多少年了，你雖然老了，但是我依舊記得你的樣子，我不會記錯的。因為這十幾年來，我每天都在想著你，我不會記錯的，你為什麼要說謊？」

女孩有些不敢置信地望著周近人，接著奮不顧身地大哭著向他撲過去。

「哼，瘋子，神經病，我根本就不認識你！」周近人冷臉喝罵了一聲，掙扎著起身。

我和黑月兒面面相覷，一時間不知道該怎麼辦。我見到那個女孩又要去抓周近人，只好將她擋住了。女孩只能眼睜睜地看著周近人一步步走遠，她失聲痛哭著跪倒在地，揪著自己的頭髮，抽自己的巴掌，恨聲道：

「混蛋，混蛋，混蛋，打死你，打死你！」

烏大姐滿臉心疼地爬到女孩身邊，把她抱在懷裏，抬頭看著周近人的背影喊道：「你以為你服了點解毒藥就沒事了嗎？我告訴你吧，仙兒是我煉製出來的人蠱，任何人只要中了她的毒，如果沒有我的獨門解藥，三日之內必死無疑！」

正在離開的周近人腳步一滯，機械地轉過身，一步一挨地來到烏大姐面前，滿臉悲戚地看著烏大姐和女孩，突然雙膝一軟，跪到地上，哭著哀求道：

「求求你了，行行好吧，饒我一命吧！」

「哼，要我饒你的命也可以，但是你要答應我一個條件。」烏大姐怒視著周近人說。

「什麼條件？」周近人遲疑地問道。

「你叫什麼名字？」烏大姐卻問了一個問題。

「我，我叫周近人。」周近人的眼神有些躲閃。

「你真的叫周近人嗎？」烏大姐眉頭一皺。

「我，我，那你說我叫什麼？」周近人有些慌張地說。

「我要你自己說，你到底叫什麼名字？你要自己說出來，否則，你就等死吧！」烏大姐冷冷地說。

「好，好吧，我，我叫曾嘉辰。」周近人猶豫了一下，慌亂地看著面前的草地，說出了我們意想不到的答案。

我和黑月兒對望一眼，都皺起了眉頭。我隨即想到，周近人可能是為了求生，才順著烏大姐的意思承認自己是曾嘉辰的。

我微微點了點頭，對烏大姐說：「前輩，我勸你還是把解藥交出來吧，希望你不要再作孽了。」

「小子，你住嘴！這個事情，只有我和他心裏清楚，你不瞭解情況，就不要亂插嘴！」烏大姐冷冷地瞪了我一眼，又掃了黑月兒一眼：

「我警告你們，不要亂來，否則，別怪我不擇手段。反正有人給我陪葬，我就夠本了。」

我們明白她的意思是要拉著周近人陪葬，於是向後退了退，對她說：

「你不要亂來，我們不會插手你們的恩怨的。你先和他算賬好了。咱們的賬，稍後再慢慢算。」

「哼，識相就好。」烏大姐冷冷一笑，又瞇眼看著周近人說：「曾嘉辰，你現在為什麼叫周近人了？」

「這個，我，我改了名字。」周近人滿臉糾結地答道。

「你為什麼要改名字？」

「這，這個，我，因為我結婚，入贅了，改了名字。」周近人斷斷續續地說。

「原來你已經結婚了，而且入贅了。那我問你，我懷裏這個人是誰，你認識嗎？」烏大姐輕輕攏了攏手臂，將女孩抱緊了一點。這個時候，女孩已經停止了哭泣，怔怔地望著地上跪著的周近人，沒有什麼反應。

周近人有些為難地抬頭看了看女孩，視線剛一接觸就快速移開了，支吾道：「她，她，叫杜曉敏。」

「既然你能叫出她的名字，那就說明你是認識她的了，那麼，你就說說你們當年的事情吧。我希望你不要說謊，不然的話，你就回去等著全身潰爛而死吧！」

周近人不覺臉色大變。他舔了舔嘴唇，有些慌亂地看了看我和黑月兒，接著低下頭，慢慢地說：「當年，是我趁她不注意，把她推下懸崖的。」

我和黑月兒都愣住了。我怔怔地看著周近人，看著這個曾經滿臉感嘆，跟我訴說他不幸的遭遇和對初戀情人相思之情的人。一時間，我難辨真假，真不知道他到底是一個什麼樣的人。他才是一個真正的謎團，一個掩飾得很好的謎團。

黑月兒此時的神情和我差不多，她問烏大姐道：

「你的意思是說，這個女孩，就是他當年的初戀情人？」

烏大姐冷哼道：「你到現在才看出來嗎？」

黑月兒微微皺眉問道：「可是，他已經四十歲了，為什麼她只有二十歲？」

「哼，你問得好。」烏大姐顫巍巍地站起身，冷眼看著我們說：

「十五年前，我剛剛搬到長青走廊不久，就在懸崖下救了仙兒。那時候她摔成了重傷，不省人事。她的遭遇和我很像，我沒有殺她，把她救活了。但是，她的傷勢太重，每次疼起來就痛苦難忍，我為了給她止痛，就給她一些可以止痛的毒藥，沒想到她後來對這些毒藥上了癮，慢慢地就養成了毒體。」

「我就萌發了一個想法，為什麼不把她也練成人蠱呢？我要通過她，找到祛除人蠱副作用的方法，我要讓人蠱的毒性可以自由控制，讓人蠱的生命不會迅速耗盡。經過這麼多年的嘗試，我終於成功了，我的一切目標都達到了。她雖然是一個人蠱，卻沒有什麼副作用。她的毒可以自由控制，她不會衰老，可以永保青春。從她身上取血注入我的體內，我的衰老速度也延緩了。不然的話，你以為我可以活這麼多年？」烏大姐不無得意地看著黑月兒，「我想，你做夢也想不到，我會有這麼大的成就吧？」

「是啊，你居然成功了。」黑月兒惡毒地冷笑道，「可惜已經太晚了。」

「對啊，一切都太晚了。哈哈哈，我做這些又有什麼用?!我已經失去了一切，一切都不可能重來。所以，我恨自己，恨命運，恨這個世界，恨你們所有人。看到你們幸福，我就心如刀絞，看到你們年輕，我的心在滴血，所以，我要殺了你們，殺了你們所有人。只有看著你們痛苦哀號，在絕望中死去，我的心裏才會舒服！哈哈哈！」

烏大姐仰天狂笑起來。

「咳咳咳——」她的傷很重，所以，還沒有笑完，她就劇烈咳嗽起來，手捂胸口，滿臉痛苦地倒在地上。「我一生的遺憾太多，唯一的一個心願，就是幫我的仙兒找到她的負心漢，然後親手宰了他！」

烏大姐掙扎著半坐起來，鬆開了女孩，一點一點地爬到周近人面前，一把抓住他的手，顫抖著聲音問道：「為什麼你要那麼做？」

「我，我，我不知道。你不要問了！」周近人方寸已亂，他緊閉著眼睛不敢再看她們。

「好，你不知道，那你跟我來！」烏大姐拖著周近人來到懸崖邊上，壓著他的頭，讓他看著深不見底的懸崖：

「你自己看看，你知道從這裏跳下去之後，會是怎樣的恐懼痛苦嗎？你為什麼不知道?!難道你也要跳下去才會知道嗎?!」

「不，不要，我說，我說！」周近人連忙哀求道，「是，是我不好，我貪圖權勢，擔心她和我的事情宣揚開來，對我的前途不好，所以才想把她殺掉。我，我該死，我不是人！」周近人跪在地上，不停地抽自己的臉。

「嘉辰，嘉辰。」女孩聽到周近人的話，癡癡地走到他的旁邊，也跪了下來，抱著他的手說：

「為什麼？你為什麼要這樣？難道我們的感情真的那麼脆弱嗎？難道我們的感情連一點點權勢都比不上嗎？我把自己的一切都給了你，你說會愛我一輩子，為什麼你要這樣對我？為什麼?!你知道我有多麼愛你嗎？為什麼要這樣對我！」女孩撕扯著周近人的衣服，嘶吼道。

「對不起，曉敏，對不起，都是我不好，我求你原諒我，你既然沒有死，而且還因禍得福，你就原諒我吧。一切都過去了。你看看我，現在已經一把年紀了。可是你還這麼年輕，這麼漂亮。你原諒我，好嗎？如果你需要錢，我會給你，我會想辦法補償你的損失的，只要你肯原諒我。」周近人哭著哀求道。

「原諒你？」女孩停下哭聲，緩緩站起身，冷冷地看著他問道：「你覺得，我可以原諒你嗎？你真的覺得這一切都過去了嗎？是的，對你而言確實是一切都過去了。可是，為什麼我只記得當年你和我說的那句話呢？」

「什，什麼話？」周近人下意識地問道。

「同，生，共，死，不離不棄！」女孩說完，突然一把抱住周近人，猛地向前一衝，向懸崖下面跳去。

「救命啊——」周近人還沒有反應過來，就已經和女孩一起墜落到懸崖下了。好一會兒之後，懸崖下才傳來一聲回聲。

我和黑月兒怔怔地站在懸崖邊上，呆呆地看著這一幕，默默地聽著那聲響，許久沒有說話，也沒有動彈。烏大姐趴在崖邊，滿眼含淚，很久都沒能止住哭泣。

天已經大亮了，一層薄薄的晨霧從林間飄出來，掛在我們前方，遮住了剛剛露頭的紅日，在半空中留下一片散碎的彩光。我深吸了一口氣，抑制住心頭的混亂，走到黑月兒身邊，輕輕地扶住她道：

「姐姐，我們回去吧。」

「嗯，好。」黑月兒看了看懸崖邊還在痛哭嗚咽的烏大姐，淡淡地說：「我不殺你了，我希望你能好自為之，不要再害人了。你自己痛苦，何必連累別人呢？」

「是啊。」烏大姐顫巍巍地轉過身，抹了抹淚水，竟然迎著太陽光微微地笑著，緩緩從懷裏掏出一本發黃的破書，對黑月兒招手道：「你過來。」

「你要做什麼？」黑月兒看著面色怪異的烏大姐，猶豫了一下之後，還是走到她的面前。

「我這輩子確實是一件好事都沒有做過。我並不冷血，我只是太恨了。你說得對，自己已經是非常痛苦了，為什麼還要連累他人呢？」烏大姐把手裏的那本破書遞給黑月兒，「你只是烏家的媳婦，你是無辜的。這本書是我對毒蠱的研究心得，希望對你有幫助。你以身餵蠱，自以為練成了銀蠶蠱，其實中毒已深，活不了幾年了。這上面有些內容，你好好看一看，說不定可以解除你的厄難。」

「你想做什麼？」黑月兒接過那本破書，皺眉問道。

烏大姐迎著太陽，遙望著山谷，深吸了一口氣道：

「我從來沒有覺得空氣這麼清新過。我記得，很小的時候，我很愛玩，我很想抱抱弟弟，但是每次都被打了回去。兩個弟弟長大後，見到我就像見到瘟神一樣，總是逃跑。所有人都怕我，沒有人敢和我說話，沒有人敢接近我。我被世界拋棄了，我一直很孤獨，很孤獨。直到仙兒出現，她是上天賜給我的，她陪了我這麼多年，雖然她有時候神志不清醒，但是，有她陪著我，漫漫長夜裏，我的房間不再清冷。她會笑，會撒嬌，會跟我說話，會踢被子，會讓我抱著她，給我活下去的力量。」

烏大姐看著我說：「小娃子，你是不是覺得我真狠心，居然把仙兒當成擋箭牌？」

「你是故意的？」我皺眉問道。

「是的，我是故意的，我知道你是個善良的孩子，你不會傷害無辜的仙兒，所以我才敢把她擋在前面。我的仙兒啊，娘真的好疼你，真的不能沒有你，你不要怕，娘來陪你了！」烏大姐看著我們，一步步地向後退去。

我知道她想要跳崖，連忙驚聲道：「前輩，你不要衝動！」

「我不是衝動，我只是太累了，我想休息了，小娃子，黑月兒，再見了。」烏大姐緩緩退到崖邊，背朝太陽，對我們微微一笑，接著向後一躍，便化作一片灰色的雲，隨風向下飄蕩而去。

直到現在，我還記得她跳崖時的微笑，那麼淡定，那麼安詳。

風從山谷裏徐徐吹來，金色的日光漫灑下來，驅散了晨霧，整個世界清亮了，也寂寞了。我無力地嘆了一口氣，心裏感到消沉落寞。這一切都和我無關，可是，我卻發自內心地感到慶幸，這一幕人間悲劇讓我頓悟，讓我思考，讓我的心智真正成熟了起來。

有的人，無論遇到多少坎坷都不會輕生，但是有的人，卻那麼輕易就放棄了生命。人為什麼活著，人又為什麼絕望？我心裏思考著這些問題。

如果我失去了最心愛的人，我會不會也感到絕望？姥爺一直希望我沒有感情糾葛，因為，我要拿起陽魂尺，需要心智彌堅，需要真正成為一個方外之人，看透紅塵，六根清淨。可是，我真的可以做到嗎？

黑月兒迎著陽光站著，身影顯得有些單薄。她手裏捏著那本發黃的書，怔怔地望著前方。我知道她此時的心情也很複雜，但是我們已經耽擱了太多時間，我只好輕聲說道：「姐姐，我們回去吧。」

黑月兒怔怔地轉身看著我，接著卻將她手裏的書塞給了我。

「姐姐，你這是做什麼？這是給你救命的東西啊。」我將書塞回她的手中。

「不，我不需要救命，因為我找不到救命的理由。」黑月兒搖了搖頭，又將書塞到我手裏，一邊走一邊說：「先存在你那裏吧，等到我找到活下去的理由，我再去找你。」

「姐姐，我知道你現在心裏有些失落，但是，我勸你還是堅強一點。現在一切都過去了。」我跟上黑月兒說道。

「謝謝你的關心，我知道的。」黑月兒淡笑一下，「這本毒經是一把雙刃劍，可以殺人，也可以救人，我希望你能善用它。」

「你放心，我不會害人的。」

「那我就放心了。接下來，我要去一個地方走一走，就不回營地了。你回去之後，代我向他們說一聲抱歉。」黑月兒向另一邊走去。

「姐姐，你走了，我們就沒有嚮導了，要怎麼辦？」我心裏一驚，有些焦急地問道。

「這我可就不管了，不過，我可以告訴你一個秘密：『夜郎神王，鳳眼天凰。』這是我們苗疆流傳很久的俗語，你照這句話去找，一定會找到的。」黑月兒說完，不再看我，徑直走了。

我看著她的背影，想把她追回來，又覺得這樣做太自私了，而且她也不會答應。我只好嘆了一口氣，由她去了。

日上三竿，大地熱度開始提高的時候，我回到了營地，發現大家已經開始吃早餐了，狀態都還不錯。

「小菩薩回來啦，怎麼樣？一刀一槍沒耍，就度化了三個人，感覺如何？」泰岳撇嘴笑問道。

我不覺一驚，皺眉問道：「你怎麼知道的？」

「廢話，我當然知道了。你忘記我幹什麼去了嗎？我是去找周近人的。為了不給你們添亂，我和隊長一直躲在樹林裏給你壓陣。於是目睹了你的精彩表演，不錯啊，果然是菩薩心腸，要麼不死，一死就仨。」泰岳譏笑道。

我有些尷尬地皺了皺眉頭，岔開了話題，說道：「黑月兒走了，嚮導沒有了，接下來的路，要靠我們自己了。」

「她的仇人不是死了嗎，她怎麼反而走了呢？這個女人真不講道義。」二子有些鬱悶。

「這路怎麼走下去？那個周近人到底是怎麼回事？」婁含問道。

我就把周近人和黑月兒的事情，都和大家詳細說了。眾人少不得一陣唏噓，各自感嘆一番。大家都覺得周近人是個偽君子，確實該死。

「我們的路還要繼續走下去。」我打斷大家的議論，「黑月兒臨走前留下了一句話，讓我們跟著那句話去找目標。」

大夥兒滿心好奇地圍了過來。

「夜郎神王，鳳眼天皇？這是啥意思？」二子聽了之後，很是疑惑。

「我也不明白，她只說這是當地流傳的一句俗語。」

「這有什麼用啊，就憑這兩句話，能找到夜郎墓在哪兒？」二子有些絕望地嘆了一口氣，「看來得重新找一個嚮導了。你們覺得怎麼樣？」

「我也覺得這樣最好。」婁含附和道。

「我們也覺得嚮導不能少，而且，在苗疆當地找個嚮導，應該不困難。」趙天棟和吳良才也說道。

「你是隊長，你安排吧。」我說道。

「好，大家趕緊休息一下，咱們先往前走，遇到有人家的地方就停下來找嚮導，我還真不信沒人認識這個地方了。」二子拍板定了下來。

我身心俱疲，倒頭就睡。我又做了一個奇怪的夢。夢裏一片黑暗，只有一雙紫色的眼睛在看著我，那雙眼睛很遙遠，又似乎很近，我無從看清。我一直和那雙眼睛對望著，直到有人叫醒我。

這一次，我們就只能背著東西走了，經過昨晚一役，四頭毛驢全軍覆沒了。大夥兒商量著，等到了有人家的地方，還要再雇幾頭才行。此時隊伍只有七個人了，我們沿著長青走廊竹林外面的山路走下去。

走出竹林後，一座險峻的高山突兀地出現在我們面前。山體幾乎豎直向上，覆蓋著青森森的樹林，山尖上還有雪蓋，足見這山有多高了。我們站在山腳下仰頭上望，頓覺無力。

「這要爬過去，得繞不少路啊。」二子無奈地說。

「是啊，這麼高的山，要過去還真費勁，咱們還是想想別的辦法吧。」吳良才說道。

「想什麼辦法？難不成飛過去？」泰岳撇撇嘴，很不屑地看看大夥兒：「都不要糾結了，聽我的。找個嚮導就好辦了，冷水河是一路向上通過去的，我們沿著冷水河走，就是捷徑。」

二子開始分派大家往各個方向尋找苗家寨子，約定在日落之前，不管有沒有找到，都要回來會合。張三公和我留守原地看管行李，其他人分成三組出發了。

我們在一片稀疏的樹林裏，日頭西斜，樹影漸漸拉長，我們背靠著行李坐著，一邊抽菸，一邊有一搭沒一搭地聊天。

張三公拿出小孫子的照片，開始念叨起來：

「小三從小就很乖，很聰明，六歲的時候得了心臟病，到現在都還在醫院裏住著。我聽人說，國外可以動手術。」張三公吐了一口煙，「我一把年紀了，只要能救他的命，讓我做什麼都願意。」

我不禁一陣感動，連忙安慰他道：「您老放心吧，只要這趟任務做成了，到時候要怎麼治病都可以的。」

「是啊，我也是這麼想的，所以我才拼了老命出來掙錢。」張三公說道。

我岔開話題道：「對啦，您家裏還有誰啊？」

「就是兒子和兒媳婦啊，老伴早就撒手啦。」張三公看了看我，問道：「小娃子，你家裏是做什麼的？怎麼你年紀輕輕的，就這麼厲害了？」

「噢，我家裏就是種地的，我也沒啥神奇的，只是從小跟我姥爺學了一點三腳貓功夫。」我隨口應付道，「您經驗豐富，對那句『夜郎神王，鳳眼天凰』怎麼看？有沒有發現什麼？」

張三公咂咂嘴道：「我倒是真的想到了一些事情。」

「想到什麼了？」我滿臉殷切地問道。

「嗯，得有地圖才說得清楚。」張三公從背包裏拿出一張地圖，指著畢節地區：「你知道這個地方的地形是什麼樣子嗎？」

「我們現在不是看到了嗎？這兒就是那個什麼岩溶地貌啊，地形很複雜。」我眨眨眼道。

「你看，從畢節市政府這兒，一直到仁懷市、金沙縣這一塊地方，你看這兒的地形是什麼樣子？」張三公瞇眼問道。

我仔細地看了看，地圖是平面的，看不出地形，於是猜道：「這兒海拔也不低，應該都是山地吧。」

「是山地，但是，這塊地方與周圍的地勢比起來，其實是最低的了。」張三公有些神秘地說，「我在部隊的時候，曾經看到過一張衛星地形圖。從那個地圖上看，這兒的地形就像一隻展翅飛舞的鳳凰，頭就在畢節市旁邊不遠的地方，翅膀伸出好遠，尾巴這裏正好是金沙和懷仁這兩個地方。所以，我琢磨著，鳳眼是不是就是指這隻鳳凰的眼睛部位。」

「啊，有這個可能啊！那鳳凰的眼睛在哪兒？」我急切地問道。

「喏，就是這兒，距離梅花山不遠的地方，那兒也算是冷水河的源頭了。不過，到了那兒，就不叫冷水河了，而是叫倒天河。那是梅花山的雪水融化下來，形成了很大的瀑布。當地人叫瀑布為倒天河，那段河水也叫倒天河。那兒的地勢很險峻，植被繁茂，叢林裏猛獸蛇蟻很多，最主要的是，那邊住著整個苗疆最神秘的部族。」張三公放下地圖，悠悠地抽了一口菸，停下話頭不說了。

「什麼最神秘的部族？」我滿心好奇地問道。

他一臉神秘地說道：「這可是高度機密，我告訴你，你可不能亂說出去，不然鬧出亂子，可別怪我。」

「你說，你說，我不會亂說的。」我連忙答應道。

「那個地方住著的部族，叫月黑族。人數有多少，具體住在哪裡，沒有人知道。他們白天不出來，只有晚上才出來活動，而且還不點火的。聽說他們都有夜視能力，眼睛比普通人大一倍呢。」張三公皺眉沉吟了一下說道：

「他們不種莊稼，靠打獵為生，蛇蟲鼠蟻，什麼都吃，穿的是獸皮，擅長使用弓箭、毒針、飛鏢、石斧、砍刀。他們的領地觀念極強，別人一旦靠近，到了晚上鐵定就屍骨無存了。」

「那他們到底住在什麼地方？他們總要找地方睡覺吧？」我疑惑地問道。

「住的地方可多了，那兒的山林那麼大，想要找到他們的大本營，可不是那麼容易的。」

我心裏不禁有些疑問。當初那些考察地質的人，是怎麼到達那個地方的？難道說，他們不怕那些月黑族人嗎？我越想越覺得奇怪，很多事情一聯繫起來，頓時覺得咱們這次的行程似乎從一開始就落入圈套。

當初說得好好的，什麼地質探測、千年悶香，現在看來，全都是騙人的。牽頭搞這個行動的人，壓根兒也不知道墓穴到底在什麼地方，不然的話，不會不給出詳細的座標和地圖。

這麼一想之後，我立時覺得這次的行動很難完成了。他們之所以這麼大費周章地派我們過來，其實就是拿我們當炮灰，讓我們去尋找那個夜郎墓的確切位置。

該死的！我不禁攥緊了拳頭，心裏有一絲不好的預感。但是，如果不繼續走下去的話，我們不就白來一趟了嗎？這樣子回去，不但押金拿不回來，還會得罪那些混蛋，惹上一些麻煩。

我們不能無功而返，至少要找到地點才行，不然的話，我們可就真的成了懦夫和笑柄了。

請續看《我抓鬼的日子》之六 雙重人面

我抓鬼的日子 之五 趕屍客棧

作者：君子無醉
發行人：陳曉林
出版所：風雲時代出版股份有限公司
地址：105台北市民生東路五段178號7樓之3
風雲書網：http://www.eastbooks.com.tw
官方部落格：http://eastbooks.pixnet.net/blog
Facebook：http://www.facebook.com/h7560949
信箱：h7560949@ms15.hinet.net
郵撥帳號：12043291
服務專線：(02)27560949
傳真專線：(02)27653799
執行主編：朱墨菲
美術編輯：許惠芳

法律顧問：永然法律事務所 李永然律師
　　　　　北辰著作權事務所 蕭雄淋律師

版權授權：蔡雷平
初版日期：2015年2月
初版二刷：2015年2月20日
ISBN：978-986-352-067-2

總 經 銷：成信文化事業股份有限公司
地　　址：新北市新店區中正路四維巷二弄2號4樓
電　　話：(02)2219-2080

行政院新聞局局版台業字第3595號 營利事業統一編號22759935

定價：280元　特價：199元

國家圖書館出版品預行編目資料

我抓鬼的日子／君子無醉 著. -- 初版-- 臺北市：風雲時代，
2014.6 -- 冊；公分

ISBN 978-986-352-067-2（第5冊；平裝）

857.7　　103013689